消えた忍びと幻術師

妖しい忍者

東郷隆

出版芸術社

まえがき

忍者は、社会の裏で人知れず働く者として生を受け、育てられ、乱世の中で己の技を磨き続けました。

ある時は貴重な情報を味方にもたらし、ある時は偽の情報で敵地を混乱に陥れます。敵の城に放火し、盗み、裏切りを促し、果ては要人の暗殺まで請け負いました。

しかし、戦国乱世が終わると彼らの傭い主、為政者たちは、それまで便利遣いしてきた忍者を失業に追い込みます。

当然のことでしょう。平和な時代に、これほど似つかわしくない人々も、また希《まれ》であったからです。

忍者の多くは農民や商人になりました。辛うじて侍身分にとどまった者も、先祖伝来の技を捨て、空屋敷の警備や犯罪の取り締まりといったごく低い身分に甘んじたのです。

ところが、彼らが活躍した頃の記憶は、庶民の説話や夜噺《よばなし》に残りました。

いや、残るどころか、人から人へ語り継がれていくうち、話は徐々に膨れあがり、ついにはとんでもない忍者像が出来上がっていくのです。

並のそれをはるかに淩《しの》ぐ身体能力や、奇怪な幻術を駆使する術者としての忍者は、庶民文化の華、芝居や読み本に登場して人気を博しました。

しかも、この忍者好みは、武士の世が終わったはるか後までも続くのです。大衆小説、映画、マンガ、テレビ……。新しいメディアが登場するたびに、忍者は注目を浴びました。現在に至っても、SNSの情報拡散によって、伊賀《いが》や甲賀《こうが》にはNINJAにはまった外国人ツアー客が大挙押しかけているのです。

忍者を表現する側の姿勢も、時代とともに少しずつ変わっていきます。かつての荒唐無稽な忍者像は影をひそめ、非合法活動者である忍者個人の苦悩や、彼らの持つ科学技術をリアルに描く作品が主流を占めるようになりました。いわゆる「大人の鑑賞に堪えうる忍者像」です。

しかし、筆者はヘソ曲がりですから、そういった現代的視点だの、何々先生の歴史観だのといった小難しい話で忍者を語るのが、あまり好きではありません。また、この「妖しい」シリーズの主旨にも沿いませんから今回、本書では、あえて「非科学的」とも思える説話や伝承の中から忍者噺を選んでみました。彼らが実際に活躍した当時の雰囲気を伝えるには、その方が断然理解し易い、と思ったからです。

妖しい忍者　もくじ

六、伊賀者、伊勢三郎　一三八
七、義経の働き　一四一
八、武者の世と「悪党」　一四三
九、忍者の元締め楠木正成　一五一
十、天狗の出現　一六〇
十一、悪党の変質　一七〇
十二、国人から傭兵へ　一七四
十三、乱れる伊賀　一七九
十四、消える者と残る者　一九三
十五、百地三太夫と百地丹波　二〇〇
十六、藤林長門という忍び上手　二〇五
十七、伊賀の「名人」　二〇九
十八、甲賀の人々　二一三
十九、全国各地の忍び集団　二二五

二十、忍者の終焉　二四一
あとがきにかえて　二四五

装幀　田中久子
装画　尾崎智美

幻術師編

一、果心居士の術

幻術使いを忍者と分けて考える識者もいます。しかし、その不可解な技を用いて有力者の間を渡り歩き、彼らの機嫌を取り結んで生活の糧を得る。あるいは、そこで得た情報を他国に売る行為は、まさしく忍者の行ないと同一のものです。

日本の奇談に登場する「幻術師」は、中国大陸由来の神仙説話に登場する怪人奇人たちを真似たキャラクターがほとんどです。が、この果心居士《かしんこじ》は、名のある武将との付き合いが幾つも記録されており、実在の人であったと考えられています。

果心を果進《かしん》、あるいは花芯と書く本もあるようです。下に付く「居士」とは、学識があって他家に仕えない者。世に隠れ住む者。寺に入らず家にあって仏道の修行に励む男子（優婆塞《うばそく》）を表しますが、果心居士はどうも、そのような行ない澄《す》ました人物ではなかったようです。

出身は筑紫《ちくし》（九州北西部）とも、畿内であったとも伝えられています。後者の説では、幼少の頃に紀州高野山（和歌山県）へ登って修行した時、寺の書庫にある禁断の書を盗み読みしてその技を自得。遠くのものを近くに引き寄せたり、高い塔の上に座ってみせたりして僧たちに咎《とが》められ、ついには山を追われた、とあります。

現在ではマジックや集団催眠術として楽しまれている幻術も、高野山の真面目な修行僧にとっては、外法《げほう》（仏道の真理にそむく邪悪な技）以外の何ものでもなかったのでしょう。憤然と山を下りた果心は、南都七大寺のまわりに出没しては、道行く人々に幻術を見せて銭を請いました。

ある記録によれば、別名飛鳥寺と呼ばれた奈良最古の寺元興寺《がんごうじ》で、寺の格子戸の間から僧形の怪物「がごぜ」が這い出るところを見せて、参詣客を震えあがらせます。また興福寺の猿沢池では、岸辺に植わった柳の葉を千切って水に浮かべ、魚に変じてみせたということです。

これは彼なりの、一種の幻術修行であったのかもしれません。

歳がいくにつれて、果心の技は鬼気迫るものになっていきます。

彼が南都を離れて西に旅した時、宿を借りた寺の、床ノ間に掛かった画軸から水を溢《あふ》れさせ、また安芸《あき》国（広島県のあたり）では戸田出羽守という無双の兵法家（剣術師匠）と、不思議な立ち合いを見せました。

戸田の道場で木刀を取り、果心が、やっと叫ぶと戸田は夢のような心地がして大刀筋を感じることもならず、易々と額を打たれます。「今一度、今一度」と繰り返し挑んでも結果は同じでした。

「これは兵法ではなく、妖術に違いない。されば八方より一度に打ちかかっても、あなたの身体に太刀先が触れることはありますまい」

　戸田が言うと、果心は首を振って、

「いや、やってみなければわかりませんよ」

　あくまで腰低く答えます。では試すべしと戸田は、弟子七人を選び、十二畳の座敷へ入れて果心を丸く囲ませます。しかも逃げ場を奪って部屋の戸も閉ざし、合図とともに一度期に打ちかかりました。次の瞬間、果心の身体は、

「塊《くれ》にも見えず（全く形が消えて無くなる）」

　という有様。これはいかに、と八人の男たちが果心の名を呼べば、「えい」と答える声がします。しかし、姿は無し。

「果心殿、何処《いずく》にありや」

「ここじゃ、ここにある」

　という返事です。声は座敷中に響きますが、塵《ちり》ひとつ見えません。

「これは床下に潜んでいるのだな。見てみよう」

　一同、床板をあげて覗き込み、果心の名を再び呼ぶと、何と床下を覗き込んでいる人々の中から返事が聞こえます。

「何ぞ尋ね給《たま》うぞや」

そこに果心がいました。部屋の四方は閉ざされたままです。

「これでは百人千人寄っても、かなうことではない」

戸田以下八人の男たちは呆れはてたということです。


幻術師といっても一応は生身の人間ですから、朝夕の飯は付いてまわります。果心は、安芸国での生活費をある商人に借りていましたが、いつしかふらりとそこを立ち退いてしまいます。


貸銭を踏み倒された商人は、当然ながら烈火のごとく怒りました。

「おのれ、優婆塞《うばそく》なればとて心易く貸したのが、身の不運であったか」

商人は深く恨みますが、その頃のことです。手の打ち様もありません。しかし、思えば叶う人の道とか。しばらくして彼が商いのため京に上ると、都の入口鳥羽のあたりで、向こうからやって来る果心とばったり出会います。商人は彼に走り寄って取り押さえました。

「さても久しき居士かな。いろいろ助けてやった恩も忘れて夜抜《よぬ》け（夜逃げ）とは。しかし、我が運は尽きておらなんだ。さあ、貸した銭を今すぐ返せ」

騒ぎを聞きつけた通行人が続々集まって来ます。何とも面目を失った果心は、自分の顎を撫でさすりました。

するとその顔は横に太り、眼は丸く、鼻高く、前歯も突き出てきました。そして、

「何と仰《おお》せ候《そうろう》や」

野太い声で言い返します。

「初対面の人から、突然馴染みのように言われるとは不愉快じゃ」

初め果心と見て捕らえた商人は、全く別人となった男を見て、ひら謝りに謝ります。

「私どもが存じたる人かと思いましたが、見あやまりました」

お許し下さい、と商人は逃げるように立ち去ります。後でこれを知った人々は、

「これは何にも増して習いたい、便利な術だ」

笑い合ったということです。以上の物語は、文禄年間（一五九二―九六）頃に成立した『義《ぎ》残後覚《ざんこうかく》』（巻四の二）に出ている話です。


果心が京に上った時は、ちょうど織田信長が足利義昭《よしあき》を奉じて上洛。町に織田家の軍兵があふれ返っている頃でした。

初め、都の人々は織田軍の略奪暴行を恐れます。しかし、その軍律は厳しく、信長は、たとえ一文の銭を奪っても処刑する、いわゆる「一銭斬り」という触れを出して町民を安堵させました。

「上総介《かずさのすけ》（信長）とは、おもしろそうな奴だ」

ひとつその者を目近に見てやろう、と果心は思い、一計を案じます。

彼は連日、清水寺の参道や一条戻り橋の袂《たもと》に出ては絵説《えと》きをしました。これは地獄極楽を描いた絵の軸を広げて道行く人々に説明し、銭を請うという、当時よくある商売です。

「さてもおそろし地獄の鬼は、罪の亡者を追い立てて、血の池地獄に投げ込めば、黒煙火炎あたりを覆い……」

独特の節まわしで果心は語りつつ、手にした竹の棒で地獄絵を指し示します。するとあら不思議。絵の中の亡者や鬼がぞわぞわと動き出します。焦げた肉や血の臭いも絵のまわりに充満し、見た者は震えあがりました。そして果心が語り終えると、皆は争ってお賽銭を投げます。絵の前には、たちまち銭の山が出来上がりました。

奇怪な絵説きの噂は、何日も経ずして信長の耳にも達します。

「絵が動くなど、左様な馬鹿げた話があろうか。よし、わしが自ら検分してくれるわ」

さっそく人をやって果心を捕らえると、宿所の東寺《とうじ》に連行しましたが、これも果心の企み通りです。

書院の庭に引き据えられた果心に、信長は、半ば失望します。「妖術」で人を惑わす辻芸人とは一体いかなるおどろおどろしい者かと期待して出てみれば、何とも貧相な老人です。

痩せて背ばかりひょろ長く、肌は漆を塗ったように黒い。まとっている衣服はぼろぼろの広袖。本人は仙人のように振舞っていましたが、信長の目から見れば、その姿はまるで安っぽい唐絵《からえ》に出てくる疫病神のようです。

「汝の所持する絵を披露せよ」

信長は白砂に座った果心に命じました。

「かような、何の変哲もない画軸を御覧になりたいとは」

果心はわざとじらします。はたして信長は怒りを爆発させました。

「汝が、道行く者を誑《たぶら》かし、銭を強請《ゆす》っておること明白。その絵にいかなる仕掛けがあるか、わしが直々に見破ってつかわそうというのだ」

声を荒げる信長に恐れ入った振りをする果心は、持っていた絵の軸をおずおずと広げました。そこに現れたのは、極彩色の阿鼻叫喚図です。居並んだ信長の家臣たちは思わず袖口で鼻を塞ぎました。戦場でありとあらゆる死を目にしてきた彼らも、その臭いと酷《むご》たらしい光景には、思わず顔をそむけたのです。

「たしかに、絵が動いておるようだ。しかも血生臭い。これは名画であるな」

信長も堪え難い異臭に鼻をつまみながら、果心に尋ねます。

「かようなものを、どうやって手に入れた」

「かつて将軍家より当方が賜った一軸。狩野法眼正信《ほうげんまさのぶ》の作と伝えられてございます」

果心はうやうやしく答えました。狩野正信は足利八代将軍義政に仕えた幕府御用絵師です。狩野派の基礎を築いた名人でしたが、信長上洛の三十八年も前に世を去っています。

「名人、故大炊助《おおいのすけ》（正信の官職名）の描いた図なれば、中の者が動き、臭いも感じるであろうな」

信長はしきりに舌打ちしました。これは感心した時の、彼の癖です。そして、果心に向かって身を乗り出すと、

「されど、汝のごとき得体の入れぬ物乞いが、かような名画を将軍家より下賜されたとは、解せぬ話じゃ」

強い口調で言いました。

「有り様《よう》は、いずれかの戦さ騒ぎにまぎれて、御所より盗み出した品であろう。どうじゃ」

「め、めっそうもない」

「言うな、わしの目はごまかせぬぞ。しかし……」

信長は急に小狡《こずる》い表情に変わります。

「ここで、この地獄図を献上いたすと申すなら罪を咎めぬ。しかも、相応の銭もくれてやろう」

「さて、それは」

果心は、泣き顔になってぺこぺこと頭を下げました。

「画軸は商売道具にござります。これを取り上げられましたら、明日からやつがれめは、どうやって暮らして行けば良いのやら」

「五月蝿《うるさ》い」

信長は家臣に命じてその地獄図の画軸を箱に収めさせると、果心に幾ばくかの銭の包みを投げ与え、奥に戻っていきました。

果心は、すっかり悄気《しょげ》返った姿で、東寺の陣を出て行きますが、腹の中では、

（上総介信長。噂と異なり、たいした事ない奴よの）

ペロリと舌を出します。

一方、信長は手に入れた絵を厳重に管理させると、二条室町に陣する足利義昭に使いを立てました。

「過日、慈照院《じしょういん》（義政）殿が御遺愛の画軸と思われるものを、入手いたした。これを肴《さかな》に一献いかがでござろう」

という口上です。将軍の地位に就いた後の義昭は信長と犬猿の仲になるのですが、この頃の彼は、「信長は実の父と変わらず」とさえ周囲に語っているほどの仲の良さでした。

いそいそとやってきた義昭の前で、件《くだん》の画軸を取り出した信長は書院の床の間に手ずから掛けて得意満面。

「いかがでござろう」

「は?」

義昭は、怪訝そうに床の間を見つめます。

「これは何の御趣向でござろう。白紙の掛け軸を見よとは」

「白紙?」

信長は驚いて手元を見返します。そこに描かれているはずの地獄図は消え果てて、染みひとつ無い白い画面だけがぶら下がっています。

何とかその場をとりつくろった信長ですが、ふつふつと怒りが湧いてきます。

「おのれ、よくもわしに恥をかかせおったな。ええい、彼《か》の者を捕らえよ。必ず牛引《うしひき》にしてくれん」

牛引は手足を牛に引かせて八ツ裂きにする刑です。指令を受けた織田の武者は、果心を求めて洛中に散りました。そして、その日のうちに彼らは、果心を捕らえてしまいます。

何を考えているのか果心は、都大路の目立つ場所で相変わらず人を集め、地獄図を読み聞かせていたのです。武者たちは捕らえた果心を高小手《たかこて》に縛りあげて陣所に護送しました。しかし、少し目をはなした隙に彼は縄抜けし、相変わらず絵説きを続けます。これが何度か続き、ついに信長は命じました。

「あのような変化《へんげ》は連行するに及ばない。人目をはばからず、その場で討って取れ」

果心が六条の市《いち》にいる、と報告を受けた武者たちは、今度こそと人数を繰り出して、市を包囲します。

その日はちょうど六斎《ろくさい》（毎月六回定期に催される市）で、人が道にあふれていましたが、異様な風体の果心は、目立ちます。

「あ奴に声をかけて、気付いたところを皆で斬れ」

武者たちは、市のまわりに兵を伏せ、物見の者が近付いて、

「おい、果心居士」

と呼びかけます。すると市で売買している何百という人々が一斉に振り返り、答えました。

「何だね」

人々の顔が全て果心のそれに変わりました。男ばかりか女も子供も、市の端で餌をあさっていた野犬までが果心の顔なのです。

包囲した武者たちはあまりの不気味さに、あっ、と叫んだきり、気絶してしまったということです。

京を煩わしく感じた果心は、南都に戻りました。東大寺の西、転害門《てがいもん》に近い鍛冶屋町に暮らして、祈禱や失せ物探しなどしていたのですが、ある日、多聞《たもん》山城主松永久秀《まつながひさひで》に招かれて、その食客となります。

久秀は主君三好長慶《みよしながよし》の一族殺害を企み、十三代将軍義輝《よしてる》を殺し、東大寺大仏殿を焼いた悪名高い人物ですが、果心とは何となく馬があったものか、彼を内々の相談役にします。この時のことでした。久秀の家臣に、やはり幻術を一切信じない者がおり、酒の席で果心を罵倒します。

「おのれは、如何《いか》にして我が主人に取り入ったか。以前は当国猿沢の池で、木の葉を魚に変えるだけの小技しか使えなんだまやかし者であるに」

果心は静かに微笑み、膳の上の楊子《ようじ》を手にして答えました。

「では、お手前が泣きたくなるような技をお見せ申そう」

楊子の先でその者の口元をひと撫でします。すると、全ての歯がぶらりと垂れ下がって、今にも抜けそうな様子に変わりました。

「やや、これは困った。助けてくれ」

そ奴は口を押さえて泣き叫びます。久秀は大いに笑いましたが、

「これ、もうそのくらいで許してやれ」

と命じます。果心が楊子の反対側でもう一度撫でると、その者の口は元に戻りました。

その後、久秀に請われて五年前に病死した彼の妻を目前に蘇《よみがえ》らせたり、信長に叛旗をひるがえした松永勢のために暗躍しますが、天正五年（一五七七）、久秀が自害すると若狭《わかさ》国（福井県）に下り、信長が本能寺で倒れる頃、再度京に向かいました。

新たに「天下様」となった明智光秀が彼の噂を耳にして、ぜひとも御噺《おとぎ》の者（雑談の相手）に、と招いたのです。久秀に仕えていた井岡《いおか》六右衛門なる者の推薦でした。

果心が対面した光秀は、「主殺し」の評判が似合わぬ、聡明だがどことなく気弱そうな老人です。

（この者、天下を統《す》べる相をしておらぬ）

紹介者には悪いが早々去るにしかず、と果心は判断しました。が、光秀の方がこの幻術師をおもしろがって、引き止めにかかります。

「仙人は酒を好むというが、居士殿も好かれるか」

「嫌いな方ではござらぬ」

この返事に光秀は、大盃に澄《す》み酒《ざけ》を満たして彼に勧めました。

（ほう、信長と違って人柄は悪うない）

この場を素っ気無く去ろうとした果心ですが、少々気が咎めました。何か術のネタになるものは無いか、と部屋を見まわすと、上座に置かれた一双の屏風に目が留まります。それは、狩野元信《もとのぶ》（正信の子）が描いた近江《おうみ》八景図でした。

「しばし、御覧あれ」

果心は、八景図のうち矢橋《やばせ》の帰帆《きはん》に描かれた船を差し招きました。

驚いたことにその船が、向きを変えてゆっくりとこちらにやって来ます。

「そうれ、近江の海（琵琶湖）から、水が溢れ出しますぞ」

果心の言葉通り、屏風の端から勢い良く水が流れ出ます。

「これは、何たること」

「座敷が濡れる」

そこにいた光秀も家臣たちも、驚いて立ち上がりました。

「それそれ、船が座敷に参りましたぞ」

室内に湖水の水が渦巻きます。袴《はかま》の裾を持ちあげる者、溺れかかってもがく者、必死に柱へしがみつく者など、大騒ぎです。

「居士、これは如何なる仕儀ぞ」

光秀が叫ぶと、果心はやって来た船にひらりと飛び移りました。そしてからからと笑うと、

光秀に向かって、

「座興《ざきょう》でござるよ、日向守殿《ひゅうがのかみ》。されば、やつがれ、これにて退散つかまつる」

果心を乗せた船は再び屏風の中に戻っていきました。

櫓《ろ》の音が遠ざかるとともに、足元の水が引き始めます。やがて絵の中に吸い込まれた船は指先ほどになり、芥子粒《けしつぶ》ほどの点となって、ふっと消え去りました。

と同時に座敷に溢れ返っていた水も失せて、後には水滴ひとつ残っていません。人々はただ茫然と立ち尽くしているばかりでした。

この騒ぎの僅か十日ほど後、光秀は羽柴秀吉のために敗死するのです。


これらの物語は、『義残後覚』の他にも、江戸時代に成立した奇談集『玉箒木《たまははき》』（林義端《はやしぎたん》）・『夜窓鬼談《やそうきだん》』（石川鴻斎《こうさい》）・『虚実雑談集』（恕翁《じょおう》）等にも記されています。その一部にはあきらかに中国由来の『抱朴子《ほうぼくし》』・『列仙伝』・『捜神記《そうしんき》』から取られた部分も散見されます。

特に京六条の市で人々の顔が全て果心に変わるところなど、晋《しん》の葛洪《かっこう》が書いた『神仙伝』左慈《さじ》の章にそっくりです。

これは漢書に親しんだ当時の知識人が、いかに怪人果心居士に関心があったか。また、中国の仙人に彼をなぞらえて理想化しようとしたか、その痕跡と思われます。

二、正体不明の小坊主

果心居士は、信長や光秀など畿内の武将に憑きましたが、東国にも名将を弄《もてあそ》ぶ奇怪な幻術師の物語が残っています。

前記の『義残後覚』には、甲斐の武田信玄の身近に起きた奇妙な話が記録されています。同書巻三の五にある「小坊主、宮仕えの事」という一章です。

「或る時」——という書き出しですが、どうやらこれは、信玄が法体《ほったい》（僧の姿）になった直後の話のようです——甲斐の躑躅《つつじ》ヶ《が》崎館《さきやかた》に、

「召し使われませんか」

と、目鼻立ちの整った少年を連れて来た者がいます。

信玄が会ってみると、年の頃は十五、六。さるやんごとなき人の子という触れ込みでした。

戦国の頃、所領を失って都から下ってくる貴族の子弟は多く、地方大名の間ではそれらを身近に侍《はべ》らせることが、一種のステータスになっていました。

信玄の正妻も京の有力貴族三条家の姫君で、館の奥向きには京言葉が飛び交っていたのです。

また信玄には若衆の趣味がありましたから、

「よかろう、京の者なら」

と、召し置くことにします。が、躑躅ヶ崎《いが》にはすでに、愛人の少年が幾人も暮らしていました。彼らは時に、信玄の寵愛を誇って啀み合う事があり、これが彼の頭痛のタネでした。

信玄の悩みを察した重阿弥《じゅうあみ》という同朋《どうぼう》（茶坊主）が知恵をきかせ、

「寵童《ちょうどう》は、なまじ前髪があるゆえ、女子《おなご》のごとく、互いに嫉妬《しっと》の焔《ほむら》をもやすのでございます。ここはこの者の頭を剃り、小坊主に成せば奥向きも平《たい》らかでありましょう」

「うむ、汝は知恵者である」

信玄は新参の少年を重阿弥に預け、教育を施しました。

武家の作法を身に付けた少年は、奥坊主として有能でした。信玄が何かを命じる前にそれと察して働き、急を要する事態にも冷静に対処しました。

かくて二年あまりも使ううち、信玄にとってその小坊主は、寸時《かたとき》も手離せぬ存在となります。

さて、ある夜、彼がこの小坊主に茶を挽《ひ》かせていると、館の内に人々の言い争う声が聞こえてきました。

「何だ、夜噺《よばなし》にしては猛々しい」

怒鳴り合いは一向収まる気配を見せず、そのうち金属《かね》の打ち合う音に変わります。

「これはおだやかではない」

信玄は片眉をあげました。武田家の家風は厳格で、館うちの刃傷沙汰は事の如何《いかん》を問わず、双方死罪であったからです。

見て参れ、と命ずる前に小坊主は茶臼の前をつっと立って部屋の外に出、すぐに戻ってきました。

「御坪《おつぼ》（部屋の中庭）にて、若衆ども口論つかまつり、只今《ただいま》討ち合い候《そうろう》」

と報告します。

「誰と誰の喧嘩であるか」

と尋ねると、小坊主の答えは、

「いずれにて候《そうら》やらん。聞きなれぬ声にて侍《はべ》る」

ついぞ知らぬ者の声です、と言って再び茶を挽き始めます。

（こ奴、このような時に落ち着きが過ぎる）

信玄は少し首をかしげますが、不思議といえば、これだけの騒ぎが起きているというのに警備の者が誰一人として駆けつけてこないのも、不思議でした。

「余《よ》が寝所の前庭で、何者がかかる狼藉をするか。こうなれば、余が一人一人を討ち果たすぞ」

小坊主は、うなずいて茶臼の前からずゝいと立ち、濡れ縁の前の障子をさらりと開けて庭に急度《きっと》顔を向けます。

「夜目にすかして見れば、十人ばかり打ち乱れて斬り合っている気配。御用心下さい」

と言うと、隣の部屋に置いた信玄愛用の薙刀を取って差し出しました。

信玄は歴戦の将でしたから、狼藉者が十人と聞いて即座に判断します。

「弓の方が良かろう」

小坊主はかしこまって、七所籐《ななどころとう》（弓の七ヶ所に補強用の籐を巻いた弓）に矢を添え、

「これを」

と差し出します。

信玄は、その矢をつがえると、目標も定まらぬまま、引きしぼり、ひょうと放ちました。まず、矢音で相手を威嚇しようとしたのです。すると、驚きとも笑い声ともつかぬ、

「どっ」

という声がして、大勢が退散する様子。その後、闇の中に静寂が訪れます。

信玄は、気配が一気に消えたことを訝《いぶか》しく思い、

「奇怪な。これは天狗の仕業か」

構えた弓を下ろして言いました。

「予が日夜、弓箭《きゅうせん》の計り事（戦いの企み）ばかり考えているので、その心底を弄ばんと、出

現したのだな」

天魔と呼ばれた天狗は、戦さ人《びと》に時折、そのようなイタズラを仕掛けて遊ぶとされていました。

小坊主も障子を閉ざすと、

「御意もっともに候」

おっしゃる通りです、と答えます。が、この小坊主もその夜のうち、

「かきくれて見えずなりにけり」

掻き消すように姿が見えなくなりました。

信玄は呆然として、

「さては、あの小坊主めが、魔の眷族《けんぞく》であったか」

当夜、館の内で斬り合いの幻覚を彼に見せた張本人が、実はその小坊主と察した信玄。

「武将たるもの、長年身近に召し使った者にも油断してはならぬ事だ」

周囲の者に語った、ということです。


この小坊主は、天狗の眷族などではなく、何者かが武田家に送り込んだ幻術師だったのではないでしょうか。

数年の間、奥向きに仕えて情報を集め、頃合いを見て撤収となった時、別れ際のイタズラ心で幻覚を見せた、とも考えられます。

しかし『義残後覚』の筆者愚軒は、このイタズラ者を、ただ「小坊主」としか記していません。

愚軒は、『愚軒識語』（国会図書館蔵転写本）によれば、豊臣秀吉の養子秀次の元側近で、戦国武将の裏話を多く心得ていた人、とあります。察するに彼は忍者あがりの御伽衆でもあったのでしょう。

何にしても裏事情に通じた愚軒が、恐れて名を記さなかったその小坊主は、名将信玄を手玉に取った恐るべき術者でした。

三、飛び加藤の仕官

江戸時代の初め、京都本性寺の住職であった浅井了意《あさいりょうい》は、怪談集『伽婢子《おとぎぼうこ》』を書いたことでも知られています。

この人は若い頃、浄土真宗の放浪僧でした。その頃に見聞きした話が作品に多く含まれていますが、「飛び加藤」という異様な忍者の物語もそのひとつです。

飛び加藤の飛の字を「鳶《とび》」と書く別の資料もあり、どちらが正しいのか不明です。しかし、これらは通称です。彼には一応、加藤段蔵《だんぞう》という名乗りがありました。

その通称が示すように段蔵は、高いところへ飛び上がったり降りたりする名人でした。しかし、自身は幻術の腕を誇っていたらしく、前記『伽婢子』（巻の七）にも、彼の用いた奇怪な技が幾つか出てきます。

永禄の頃（一五五八―七〇）、上杉謙信の居城、越後春日山城下（新潟県上越市）に現れた段蔵は、近くの百姓家で銭を払って牛を借りると、辻に出て人を集めました。

「さあさ、皆の衆。我が手の先を見よや」

そこには一匹の毛虫が乗っています。

「今、これを羽化させて見しょうほどに」

毛虫は見る間にサナギとなり、蝶となって飛び去りました。次に彼は天を指差し、

「雨が来るぞ」

誰もが空を見上げます。が、そこは青々と晴れ渡り、雲ひとつ浮かんでいません。しかし、

「それ、降る」

段蔵が一度手を打つと、突然皆の額《ひたい》に冷たいものが当たります。それからザッと大粒の雨が降ってきて、人々は逃げまどいました。

「止んだ」

段蔵がまた手を叩くと、雨は消えます。ずぶ濡れになったはずの人々は、元の乾いた姿に戻りました。

段蔵は自分の術が充分に効果を発揮していると見て、満面の笑みを浮かべます。

「では、次にこの牛を呑《の》んで見しょう」

傍らにつないだ牛の背を撫でました。

「まず尻を呑む」

段蔵の顎が大きく外れ、牛の胴を呑み込み始めます。

「次に足、そして頭」

顎が広がっているので、しゃべることが出来ないはずですが、彼の声ははっきりと人々に聞こえます。やがて牛は消え去りました。

「見よ。全て呑み終わったぞ」

段蔵は、すっくと立つと、己の腹を撫でさすりました。

「うそじゃ」

その時、頭上で声がしました。木の上で見物していた一人の男が、段蔵を指差して笑います。

「牛など呑んでおらぬ。まことは、背に乗っているだけじゃ」

人々が驚いて見返すと、段蔵は牛の背にぺたりと張り付いているばかりです。ちっ、と舌打ちした段蔵は牛から下りて、

「愚か者のおかげで術が破れた。では、詫《わ》びの代わりにもうひとつ」

段蔵は腰の扇を抜くと、さっと開き、何か謡いながら地面をあおぎ始めます。

「心あてにそれかとぞ見る白露の光そえたる夕顔の花」

それは源氏物語「夕顔」の巻にある一句でした。

夕顔はウリ科のツル草です。見る間にそのツルが地面から生え出し、木の上で見物していた男の、足の近くまで這い昇っていきます。

「花が咲く。実がなるぞ」

夕顔の白い花弁が開き、しおれて実が生じました。それが一尺ほども膨らむと、

「これでは茎《くき》がもたぬ。刈ってしまおう」

小柄《こつか》を抜いて実のツルもとをスパリ。

直後、木の上から「愚か者」の首が落ちて来ました。見物人が驚き騒ぐ中、段蔵は牛の手綱を引いて悠々と去っていきました。


この話を聞いて彼に興味を抱いたのが城主上杉謙信です。神仏や霊魂、鬼畜の存在を強く信

じる彼は、段蔵の不思議を目の前にしたい、と思いました。

「お止め下さい。あれは魑魅《すだま》（山の木や石の精気から生じる妖怪）の類《たぐい》でございますぞ」

家臣たちはしきりに止めますが、一度こうと決めたら他人の言うことに耳をかさぬ謙信です。

「急ぎ召し出せ」

城下の木賃宿にいた段蔵は、こうして城の実城《みじょう》（本丸）に暮らす謙信のもとへ召し出されましたが、それは段蔵の目論見通りでした。

「そちが加藤と申す人怪《じんかい》よな」

城内の馬場先に引き据えられた段蔵へ、謙信は尋ねます。

「何のために春日山の根小屋《ねごや》（城下）を騒がしおるか」

「へへえ」

平蜘蛛のように這いつくばった段蔵は、正直に答えました。

「おそれ多くも越後国守様（謙信）は、不世出の英雄にましします。彼《か》の君《きみ》に仕えたしと、過日思い候えども伝手《つて》はなく、仕方なしにかような技を用いまして」

忍者は仕事の性格上、信用が第一です。有力な武将にお目見えするには、代々仕えた忍者か、有力な家臣の紹介が必要でした。

「余に仕えたいがためにいたずらしたと申すか」

「御意」

「他に何が出来る」

「我が刀一振りあれば、いかなる城へも忍び入って御覧に入れます」

謙信は段蔵が提出した打刀を手に取りました。

鍔《つば》が広く、鞘《さや》は二尺（約六十センチ）。しかし抜いてみると、刀身は一尺（約三十センチ）もありません。

「塀に刀を立て置き、鍔に足をかけて登りまする。刃先の黒いぬめりは猛毒でござる」

「汝を試そう。ここに余の薙刀がある」

謙信は、愛用する南都鍛冶文殊《もんじゅ》四郎《しろう》包永《かねなが》作の薙刀を取り出しました。

「これを、ここなる直江大和に預け置く。三日の間に見事盗み取ってみよ」

傍に控えた直江景綱《かげつな》に渡しました。大和守景綱は、名将直江山城守《やましろのかみ》の養父でこれも武勇の士です。

「大和守、この者見つけたれば、容赦無く斬れ」

「心得ました」

薙刀を守って自分の屋敷に戻った景綱は、在所から人数を集め、庭に犬を放って警戒しました。

しかし三日目の晩、易々と大和守屋敷に潜入した段蔵は犬を毒殺し、なぜか薙刀ではなく景

綱の奥方が召し使う女儒《にょじゅ》（女の子）を、眠らせて担ぎ出しました。次の朝、実城に出向くと、

「段蔵。薙刀盗みに失敗し、悔し紛れに幼女を盗って参ったか」

謙信が嘲笑います。段蔵は澄まし顔で答えました。

「文殊四郎は三日前に頂戴し、すでにお館の納戸へ収めたてまつる」

「何を言うか」

調べてみると、謙信がいつも使う納戸の奥から、薙刀は出てきました。即ち、大和守景綱が自宅に持ち帰った品は、すでにその時、別の薙刀とすり替えられていたのです。

「しかし、それを申すも味け無し。よって屋敷入りの証拠に、女子を盗み取って候」

「三日も前にすり替えたか。如何にして」

「それは申せませぬ」

謙信が文殊四郎を見せた時、早くも幻術をかけていたのでしょう。

しかし、段蔵はやり過ぎました。彼の技に恐怖を感じた謙信は、これを生かしておくべきではない、と討手を差し向けます。

危機を感じた段蔵は越後を逃れますが、この時、座敷に水溜まりを作り、そこに潜ったとか、酒の器から人形を出して踊らせ、その隙に消えたという話も伝えられています。

上杉家への仕官に失敗した段蔵は、甲斐国（山梨県）に向かいました。謙信がだめなら、そのライバルの武田信玄はどうだろうか、と考えたのです。また、こちらには僅かな伝手もありました。武田二十四将の一人、跡部大炊助《あとべおおいのすけ》へ言葉たくみに取り入った彼は、その口利きで信玄に伺候《しこう》しようとします。

しかし、信玄はすぐに会おうとはしませんでした。彼は何度も忍びや幻術師に痛い目にあっていた経験から、（本章二項参照）その手の人物には用心深く接していたのです。

段蔵は七日の間、大炊助の屋敷に止め置かれました。

その間、信玄は、段蔵を充分にもて成すよう、大炊助に命じます。

（上杉とずいぶん扱いが違う。流石は甲斐国主殿じゃ）

豪華な酒食と美女の接待に気を良くした段蔵は、すでに武田家に仕官がかなったと思い、大炊助にも横柄な口をきくようになります。

そして、七日目の晩のこと。酒の膳を庭先に持ち出した段蔵は、美女の膝枕で月を眺めました。

「わしはお前が気にいった。何れにても願いを聞いてとらせよう」

段蔵は、お気に入りのその女に、

「わしは人怪ゆえ何でもできる。言えばあの月でも取って見せようか」

するとその女は、もじもじと、

「尾籠《びろう》なお願いながら、厠《かわや》へ行きとうございます。お許しを」

「おお、左様か。これは気づかなんだ」

段蔵が膝から頭を上げると、女は奥へ駆け込んで行きます。

「ははは、よほど我慢しておったのだな」

と、その時、庭の闇に異様な気配が感じられました。僅かながら火縄の臭いもします。

（しまった）

四方の茂みから銃声が轟きます。さしもの段蔵も、多数の鉄砲の前には無力でした。

蜂の巣になった彼を確認した大炊助はただちに、信玄へ復命しました。

「彼の者はおのれを過心し、油断の極み。しかし、惜しい男を失いました」

大炊助の言葉を聞いた信玄は、大きく首を振り、

「我が武田は武門の家。魑魅の類《たぐい》に用はない」

吐き捨てるように言ったということです。

なお、段蔵は主人を持たぬ忍者ではなく、長く仕えた家があったという異説も存在します。

『北越軍談』（巻の十二）には、段蔵は常陸国《ひたち》（茨城県）某所から出て小田原の風間《かざま》次郎三郎

という者から術を伝授された後、上州箕輪《みのわ》城主長野《ながの》信濃守業正《なりまさ》に仕えた、とあります。

長野氏は、関東管領上杉憲政《のりまさ》が上野国（群馬県）平井城を捨てて越後の謙信を頼った後も上野国に残り、武田信玄の侵攻を六度にわたって撃退した勇将です。

永禄四年（一五六一）、謙信が管領職を継いだ後は長野氏もこれに従いますが、永禄九年（一五六六）、業正の死後、信玄によって箕輪が落城すると段蔵は行方不明。

この記述を信用するならば長野家滅亡後、段蔵は旧主の縁を頼ってまず謙信のもとへ行き、仕官に失敗。次に敵の武田家へ就職しようとして殺害されたと考えられます。

こちらの話を信じるなら、段蔵のイメージは一変します。長年いた会社が倒産し、新たな仕事先を必死に探す失業者。しかも、なまじ突出したスキルを持っているために先方が用心し、何処も採用を見送る……。現代でもこんな就職浪人は、案外多いのではないでしょうか。

なお『北越軍談』『上杉家御年譜』『絵本甲越軍記』等では、段蔵の技を試すために謙信が薙刀を預けたのは、直江景綱ではなく山岸宮内少輔《やまぎしくないしょうゆう》。甲斐で段蔵を討ち取ったのが跡部大炊助ではなく土屋昌次《まさつぐ》となっており、こちらにも異説が多いようです。

四、草深甚四郎の水斬り

十九世紀フランスの劇作家ヴィクトリアン・サルドゥは歌劇『トスカ』の原作者ですが、また当時流行していた降霊術や妖精探索を趣味にしていたことでも知られています。

この人がまだ若かった頃、スペインのジブラルタル海峡を渡り、対岸のアフリカ、モロッコのラバトに旅をしました。

物珍しさから街なかを歩きまわるうち、小脇に抱えていた杖を紛失します。

この当時の杖は、一種のアクセサリーでした。足が不自由でもないサルドゥも、ヨーロッパ紳士の習わしとして手にしていたのですが、ふとした隙に、盗まれてしまったのです。

「困った。あれは友人から贈られた大事な品なのに」

途方にくれていると、町角で声をかけてくる者がいます。赤い回教帽を被った老人でした。

「お前さん、盗っ人に物を奪われなすったね」

流暢なフランス語で問いかけてきます。

「それは、握りが銀で、犬の頭の飾りが付いた杖ではないかな」

杖の特徴をぴたり、と言い当てます。サルドゥは用心しました。この老人が犯人と思ったのです。

「そう身構えるのも無理はないが、わしは左様な事をせぬ。ただの占い師じゃよ」

老人は手にした銅の洗面器を軽く叩きました。占い師がなぜそんなものを持ち歩いているのか、よくわかりません。

「犯人は知れておる。あそこにいる男じゃ」

老人は向こうを指差しました。道端にモロッコ風のフード付きコートをまとった柄の悪そうな男が一人。その服の端から、見覚えある杖の端が覗《のぞ》いています。サルドゥが思わず駆け出そうとすると、老人は彼の肩を摑みました。

「やめておきなされ。あ奴は、この町でも有名なナイフ遣いじゃ。命をなくすぞ」

「しかし、みすみす盗っ人とわかっている者を見過ごすのは、私のプライドが許さない」

「ふーむ」

老人は少し考え、こう言いました。

「では、わしに少し金を払いなされ。あの者を倒してみせよう」

その後に杖を取り返せば、と提案します。

「あんたが、戦ってくれるのか」

「あんな乱暴な泥棒と、面と向かって戦えるものか。別の手を使うのじゃよ」

半信半疑のサルドゥが幾ばくかの金を払うと、老人は近くの水飲み場へ行って洗面器に水を満たし、それを道の端に置きました。

「どうするのかね」

とサルドゥ。老人は黙って袖口から半月形のモロッコナイフを取り出すと、ベルベル語の呪文を唱えます。その気味悪い声が少しずつ高まっていき、ふと止まった刹那、

「ヘイヤ」

掛け声とともに洗面器の水を斬りつけました。

わっ、と悲鳴があがります。道に立つ泥棒が肩先を押さえてうずくまりました。

道行人が、倒れた泥棒のまわりに集まってきます。初めは恐る恐る眺めていた人々は、そのうち男が動かないと知ると、その身体を蹴りつけ殴りつけ、衣服を剝ぎ取り始めました。皆は、よほどこの泥棒男に恨みを抱いていたのでしょう。

サルドゥも群衆に揉《も》まれながら走り寄り、無事落ちている杖を拾い取りました。

彼がほっとして振り返ると、洗面器の水を捨てた老人が、ゆっくりと薄暗い建物の影に消えていくのが見えた、ということです。

こうした水を介在した遠隔操作術は、世界各地にありました。

一番簡単な術は「水鏡」という遠方透視です。江戸時代、長崎の出島に隔離されて暮らすオランダ商館の人々は、故郷が恋しくなると銀の水盤に水を張り、その中に父母や恋人の姿を現して楽しんだといいます。

江戸の町奉行根岸《ねぎし》肥前守鎮衛《やすもり》が書いた『耳袋』にも、こんな話が出てきます。

長崎で働くオランダ語通訳の日本人が、気鬱《きうつ》の病にかかりました。出島のオランダ人医師に見せると、その医師は奇妙な治療を始めます。まず、銀の水盤に水を張り、そこに顔をつけろと命じました。

通訳がその通りにすると、首筋を強く押さえつけて、

「眼を開けなさい」

と命じます。水の中で眼を開けてみると、六、七間（約十メートル）ばかり向こうに懐かしい故郷と母親の姿が見えました。思わず通訳が声をかけようとした時、医師はその襟首を摑んで引きあげます。

「危ない、危ない。声をあげれば、あなたは死んでいたところです」

その後、気鬱の薬をもらって出島を出た彼は病も治まり、故郷に戻ります。母親にこの話をすると、

「やはりそうでしたか」

母親は大きくうなずき、

「お前の事を思い出しながら縁側で縫《つくろ》いものをしていると、そこの塀の上に、お前の顔だけがぽっかり浮かびました。何か言いたそうにして、すーっと消えたのですが、真昼間のこと、決して夢などではありませんでしたよ」

と、静かに答えたということです。

「全く幻術の類《たぐい》なるべし」

根岸鎮衛は、こう話を締めくくっています。


さらに調べていくと、劇作家サルドゥがモロッコで見た水による遠隔殺人術とほぼ同じ術が、日本にもあることがわかりました。

戦国時代の兵法者、草深甚四郎《くさぶかじんしろう》が用いた「水斬り」です。

この甚四郎の出身地は加賀《かが》国能美郡。現在の石川県川北町《かわきたまち》とされています。ここは古く南北朝の頃、後醍醐天皇に味方した畑時能《はたときよし》の所領です。そのせいか、土地には南朝派の僧や山伏が伝えた異形の武術が幾つか伝わっていました。甚四郎もそれを学んでいたのでしょう。

この人は「剣聖」と呼ばれた塚原卜伝《つかはらぼくでん》と二度立ち合い、太刀打ちで敗れたものの、槍では勝ちを収めたとされています。また、武者修行で京に出た際、東寺の塀を垂直に歩いたり、都大路で暴れる牛を睨んで引き倒したといいますから、武芸者というよりやはり忍者・幻術師に近い人だったのでしょうか。

甚四郎が京で定宿にしていたのは、上京の小さな寺でした。ある日、木刀を振っていると、庭石の陰でしくしく泣く喝食《かっしき》（寺に仕える少年）を目にします。理由を問えば、路上で兄が些細な理由で無礼討ちにあったとの答えです。

「では、仇を討つが良い。わしが助太刀をしよう」

甚四郎は提案します。しかし喝食は首を横に振りました。

「相手は今をときめく京兆家《きょうちょうけ》の侍。たとえ仇が討てたとしても主筋の細川家は、後にこの寺へ難癖をつけて参りましょう」

京兆は都の治安をあずかる要職です。この時その役は十代将軍足利義植《よしたね》の後見人、細川高国《たかくに》でした。

「また、難物だな。その高国配下の無法者を一度見てみたいものだ」

「その奴は、毎日決まった時刻に押小路《おしこうじ》の、細川の陣へ通います」

乗りかかった船。何よりもその喝食を不憫《ふびん》に思った甚四郎は次の日、彼を伴って町角に立ちました。しばし待つうち、

「あれが兄の仇。細川家被官の板野因幡守《いたのいなばのかみ》」

喝食の指差す方を見れば、家来を大勢率いた屈強な男が、馬上悠然とやって来ます。

甚四郎は喝食に問いかけました。

「お前は仇討ちの名聞《みょうもん》が欲しいか。それとも奴の死だけを望むか」

「親代わりの兄を討たれた恨み。何れにても因幡守さえ死ねば」

「ならば、手はある」

甚四郎は、少年に命じます。

「明日、このあたりに桶《おけ》を用意しておけ。水を張ることも忘れるなよ」

奇妙な命令でしたが翌日、喝食が桶を手に路上へ佇《たたず》んでいると、甚四郎が現れました。喝食は尋ねます。

「どうするのです」

「そこの物陰に隠れる」

道端の半ば崩れた土塀の裏に、二人は潜り込みます。しばらくすると、因幡守の一行が、道の彼方に現れました。

「よく見ておけよ」

甚四郎は桶を前に据えて、片膝を付きます。

「今、仇はどのあたりか」

「半町（約五十メートル）ほどに近づきました」

甚四郎は腰差を抜いて、桶の水を睨みます。そして、独り言のように、

「当流（自分の流派）の一念。水に移してよく人獣《じんじゅう》の命を奪う……」

とつぶやき、刃を水面に叩きつけました。

ぎゃっという悲鳴が聞こえました。

喝食が眺めると、はるか向こうで肩先から血を吹きながら、馬から落ちる因幡守の姿が。

伴の者どもは、突然のことにあわてて四方を見まわします。が、斬りつけた者の姿は見えません。逆上した彼らは、疑心暗鬼となって、ついには同士討ちまで始めました。

目的を達した甚四郎と喝食は、桶を手にして静かにその場を去った、ということです。


こんな妖術を使った甚四郎ですが、彼の正統的な抜刀術は、地元に長く残ります。江戸時代に入り、加賀前田家百万石が成立すると、その藩校、経武館にも伝えられました。

現在では地元に、刀術の形五つが残っていますが、残念なことに、水を用いた遠隔《リモート》殺人術の方は伝わっていません。

五、村上家の怪士

関ヶ原合戦の二年前、慶長三年（一五九八）正月。上杉景勝《かげかつ》は、養父謙信以来の所領、越後を離れ、会津若松百二十万石に移りました。

代わってこの地に入ったのが、越前（福井県）にいた堀秀治《ひではる》です。旧上杉家の所領は分割され、謙信以来の家臣本庄《ほんじょう》氏の旧領九万石は、加賀（石川県）小松の村上周防守頼勝《すおうのかみよりかつ》に与えられました。

頼勝に子はなく、堀秀治の子を養子にしていたのですが、この子は早くに亡くなります。そこで頼勝は二度目の養子を戸田氏繁《うじしげ》の家から貰い受けました。戸田家は頼勝の姉の嫁ぎ先です。関ヶ原の後、頼勝は隠居し、その戸田家から来た忠勝が村上家の当主となって、同じ周防守を名乗りました。

隠居の頼勝は大坂夏の陣が起きた慶長二十年（元和元年・一六一五）に没し、城下の耕雲寺《こううんじ》（新潟県村上市門前）に葬られます。

養子忠勝は、諸藩の歴史が記された『藩翰譜《はんかんぷ》』や『廃絶録』に義明《よしあきら》と書かれています。しかし、その名は現在までのところ公式文書に見出すことができません。そこで義明ではなく、この伝承は随筆『耳の垢』（弘化二年・一八四五年成立）にある、忠勝として書きます。

さて、周防守頼勝が、忠勝を養子に迎えて間もなくのことでしょう。

この村上城下に一人の若い侍が住んでいました。

物腰柔らかく、人品も卑《いや》しくないため、新しい若君の守役《もりやく》にいかがだろうか、という話が何度も出ますが、そのたびごとに重臣の一部から意見が出て、御破算となります。

それは、この若侍が忍術や幻術を心得ており、いかなる堅城へも忍び入ることができると評判の人物であったからです。

「左様な怪しの者を、大事な若君の身近に侍らせ、さしひびき（悪影響）あれば何とする」

話が出てはつぶれるの繰り返しですが、若侍は一向気にする様子はなく、友人たちが同情しても、

「なに、人にはそれぞれの分《ぶ》というものがあるのですよ。勝手に術を使うことのできる今の方が、どれほど楽しいか知れません」

守役など身にあまる重い役はまっぴら、と答えます。

ある雪の夜。そんな気の合う友人数人が、酒を抱えて若侍の家に集まりました。無駄話に時を過ごすうち酒の肴《あて》の話となり、城下の川で獲れる鮎《あゆ》のうまさに及びます。

「おのおの方、城下の川も良いが、天ノ河の鮎と申すものを御存知でしょうか」

「天ノ河に鮎が住むとは初耳だ」

友人たちは笑います。

「天ノ河とは、夜空に見える星の束だろう。ましてや、今は冬。いたとしてもその姿を拝むことなど無理な話よ」

「では、雪の宴のもて成しとて、銀河の鮎を御馳走いたしましょう」

若侍は手を叩いて家の下僕を呼び、

「家にある細引き（紐《ひも》）を有りったけ持ってきなさい」

と命じます。下僕が両手一杯の紐を抱えて来ると、座敷でその端を結び合わせました。

「では庭へ」

下駄履きで外に出ます。友人たちも何が起きるのか、と興味津々ついていくと、雪の中に立った若侍。

「見てごらんなさい。冴《さ》え渡った冬の夜空。天ノ河があんなにはっきりと」

空を指さすと、紐の端を宙に放ります。紐は竿のようにぴんと立ち、するすると天に昇って行きました。

「まだまだ。もうそろそろかな。よし届いた」

紐の先は闇の中に消えています。若侍は、紐に摑まると猿《ましら》のように昇り始めます。あれよあれよと友人たちが騒ぐうち、その身体は豆つぶのようになり、見えなくなってしまいました。

しかし、小半刻《とき》（約三十分）もすると、彼は降りてきます。

「いや、大漁でした」

若侍は笊《ざる》を持ってこさせると、膨らんだ着物の袂を探って大振りな鮎を二、三十匹も取り出します。

「これは見事な。すべて七寸以上あるぞ」

「塩焼き……いや、せごしで食うてみよう」

思わぬ季節外れの御馳走に、その夜の酒盛りは、前にも増して盛りあがったということです。

若侍の鮎接待は、仲間内の秘密でしたが、この不思議はたちまち村上城下に広まり、周防守頼勝の耳にも入ります。

「あの者、幻術を心得ると聞いておったが、それほどの腕か」

ひとつ見たい、と召し出しの命《めい》が下ります。登場して書院の廊下に控えた若侍へ、

「ここで何ぞつかまつれ」

頼勝は雑に命じました。若侍はまわりを見まわし、書院の坪庭にある桂《かつら》の古木に目を留めます。彼は庭に降りて木に近づき、懐紙を取って裂くと、口に入れて嚙み丸めました。これが豆

ほどの大きさになると、桂の幹にある節に詰め、澄まし顔で廊下に戻ります。

しばらくすると、紙粒を詰めた節目からぽたりぽたりと水滴がたれ始めました。

頼勝も他の家臣も、それを眺めているうち、水滴は一本の筋になって噴き出し、瞬く間に坪庭は水没。それでも水は止まらず、書院の座敷にも流れ込みます。

頼勝は袴の裾を持ち上げて床ノ間に逃れ、

「はや無用じゃ。止めよ、止めよ」

大あわてで命じます。若侍はうなずくと、ジャボジャボと歩いて庭の木に近づき、節に詰めた紙を取りました。すると流れは止まり、水は引き始めます。座敷も庭も乾いて元の通りになりました。


「かくも薄気味悪い者が、我が家来の中に居《お》ったとは」

己で命じておきながら、頼勝は怖気《おぞけ》だちます。家臣の中にも、

「あれは、南蛮渡り、切支丹《キリシタン》の邪法に違いない」

噂する者が出ます。家老たちは初めからこの若侍を好んでいなかったので、早速にその処分を協議しました。

「召し放とう」

という者もいましたが、暇をとらせた恨みを抱き、当家に仇なす動きを見せたらどうする、という意見が出ます。

「あれほどの技の持ち主。何処かの家が必ず高禄で召し抱えよう。末の災いが覚束《おぼつか》ぬ」

不憫ながら処分すべし、と意見がまとまりました。

その日のうちに若侍のもとに使者が立ちました。

「汝、無役《むえき》な技を覚え、家中を騒がしたる段、まことに言語道断」

切腹申しつける旨、口上を述べます。若侍はこの理不尽な決定にも、顔色ひとつ変えず、

「上意とあれば是非もなし。介錯《かいしゃく》の役は我が朋輩に頼みとうございます」

と答えました。切腹の場所は、後に頼勝が葬られることになる城下の耕雲寺です。若侍は住職に自分の埋葬を依頼し、見事腹を切りました。願い通り、仲の良かった友人の一人が首を打ち落とします。住職はねんごろに弔い、墓地に埋《い》けました。

検使の者が城に戻って家老たちに報告していると、そこに寺から文箱が届けられます。書状の差し出し人を見ると若侍の名。不思議に思って開いてみると、

「申し上げたき事あり」

とありました。内容は、つらつら思い返してみると、拙者には何の罪もなく、切腹申しつけられるいわれもないので、主家を見限り城下を立ち退く。ただいま国境いを出た、というもの

です。

家老たちも、実際に彼の死を確認した検使役もあわてます。寺に走って墓を改めると、埋めた長持の中には、大きな狸の死骸が入っていました。

狸を入れたのは、あれは化性の者であった、と後で藩の者が言い訳できるようにした一種の親切だったのでしょう。

それほどの術者を処分せずにおれば、何かの時、必ず藩の役に立ったであろうに、と言う者もありましたが後の祭りです。

この若侍の名は伝わっていません。何となれば、この村上藩自体が後に消滅し、諸記録も散《さん》逸《いっ》してしまったからです。

前藩主頼勝死後、四年を経た元和四年（一六一八）四月。幕府は新藩主忠勝の領地を召し上げ、その身を丹波篠山《ささやま》（兵庫県篠山市）松平家にお預けとします。

改易の理由は、御家騒動《おいえそうどう》でした。家老同士の争いから暗殺事件が続発し、藩内の仕置《しおき》よろしからずと幕府が判断したというのですが、これはあくまで表向きのことです。

村上藩は豊臣恩顧の大名。しかも忠勝の実の父戸田氏繁は、関ヶ原で西軍に付いた賊将でした。さらに彼の妻の兄花井主水正《はないもんどのしょう》も、家康の六男で「狂乱」した松平忠輝《ただてる》の家老職にあり、二年前に斬首されています。

幕府は遅かれ早かれ評判の悪いこの藩を処分するつもりでいたのでしょう。

もしかすると、異能の若侍は幕府から密かに、村上藩へ送り込まれた忍者であったのかもしれません。

同藩の内情を調べあげた後、幻術を用いてすみやかに退去した、と考えることもできるのです。

六、因果居士の夢占《ゆめうら》

果心居士と並んでよく知られた同時代の「居士」に、因果《いんが》居士という僧がいます。因果とは物事の原因と結果、仏教で言う悪業の報いといった意味がありますが、この人は果心のような忍者紛いの道士《どうし》ではなく、元は浄土宗の寺に籍を置く正規の僧でした。名は徳規《とくき》。正しくは金華山《きんかさん》滝下十界《たきしたじっかい》因果居士と称しました。

生まれは大永五年（一五二五）頃。没年は不明ながら、相当な高齢で逝ったようです。

晩年の徳川家康が京に上った時、彼を二条城に招きました。紹介者は、家康の側近で、徳川家に仕える天海僧正。これもとかくの噂がある人です。

因果は家康の前で幾つか幻術を披露しようとしましたが、

「それには及ばず」

家康は笑って別の質問をしました。

「貴僧（あなた）は、かなりのお年に見えるが、肌つやも良く、足腰も若者のようだ。老いて健康の秘訣は何かな」

因果は拍子抜けした表情になりましたが、

「常日頃、枸杞《くこ》の実を食べ、何事も少な目を心がけております」

枸杞はナス科の低木で赤い小さな実をつけます。漢方では葉も茎も薬に用いました。

「あれは甘くておいしいな」

「拙僧は麦の飯に混ぜております」

「他には」

と聞かれて因果は、ヘソのあたりを手で押さえます。

「朝起きた時、息を調子良く吐き吸いし、丹田《たんでん》（下腹）に気を溜めまする。これを日に百度」

「やってみよう」

家康と因果居士は、二条城対面の間で、ハッハッ、フッフッと声をあげ、その呼吸法を実践しました。徳川家の家臣たちは、二人の奇妙な姿に笑いを堪える者あり、また、せっかくの不思議技を持つ者が来たのだから、もそっと幻術などでお遊びあればいいのに、と残念がる者もいたといいます。

しかしこの頃、家康の最大の関心事は、健康と長寿でした。彼はかなりの高齢（推定七十歳）で、しかも大坂城には豊臣氏が依然その力を誇示しています。（幻術なんぞより今、大事なものは我が身体の鍛錬よ）

全てに現実的な家康は、そう考えていたのでしょう。

『徳川実紀《じっき》』や『窓のすさみ』（松崎堯臣《ぎょうしん》）等によれば、因果居士が二条城に上ったのは、慶長十七年（一六一二）。因果が八十七、八歳の頃の話とされています。

史書の中には、因果は織田信長の甥と書くものもあります。彼の金華山滝下云々という呼称は岐阜城の山下《さんげ》にある本丸庭園のことで、たしかに織田家と何やらつながりのある家柄ではあったようです。

しかし、大坂の陣の二年前で八十代後半といえば、信長より僅かに年上で、普通なら叔父・甥の関係とは言えません。


この僧が公式の政治資料に名を記されることもありました。

それは「安土問答」と呼ばれる宗教論争です。天正七年（一五七九）。安土城下で対立する浄土宗と日蓮宗の僧たちが集い、宗論を戦わせました。この論争は信長隣席のもと行なわれました。負けた側は法衣を剝がれて杖で打たれ、放逐される、という屈辱的な罰を受ける決まりです。

結果は日蓮宗の負けでした。その判者《はんじゃ》（審判）は因果居士です。彼は事前に信長から、浄土宗の側が勝つよう指示されていたといいます。当時、京では日蓮宗徒の力が強く、新しく出来た安土の城下でも、同宗による他宗派攻撃が目に余る事態となっていました。織田家は表向き日蓮宗で、信長も旗印に御題目《おだいもく》を掲げていましたが、この時期、同宗徒に釘を刺しておく必要があったのです。

が、この一件で因果居士は法華を信奉する者たちから強く恨まれます。

「彼の売僧《まいす》が幻術を用いて、我らをはめたのだ」

「町なかで見かけた時は、必ず刃物の錆《さび》にしてくれる」

その命を狙う者さえ現れました。

本能寺の変後、織田家の庇護を失った因果は、身の危険を感じます。そこで人も通わぬ洛北の山中に隠れ住み、時折、西日本の各地を行脚《あんぎゃ》して晩年を過ごしました。

筑前国（福岡県）粕屋《かすや》郡藤河というところに若杉の某《なにがし》という地侍がおりました。

ある日、妻の代参で、在所の北にある青柳の八幡社まで出かけましたが、山道歩きで疲れたため、まだ日の高いうちから社殿の陰で横になります。

するとと妙な夢を見ました。寺のようなところに行くと、二本の巨木が立つ泉の前に出ます。

一人の少女が手に三本の棒を持って現れて、若杉を激しく叩きます。

彼が抵抗しようとすると、少女は棒を捨てて彼に飛びつき、叫びました。

「こんな眼が付いているから、お前は苦しむのだ。いっそ、ほじくり取ってくれる」

爪を立てて若杉の眼をえぐり取ると、眼は蛇と化して彼の首に巻きつきました。

「助けてくれ」

と叫んだ時、目が覚めます。八幡社に参詣する人々が、怪訝そうにこちらを窺っていました。

気恥ずかしくなった若杉は、急いでその場を離れました。

「気味の悪い夢を見た。早く家に戻ろう」

早足で帰り道を行くと、路端に一人の老僧が経を唱えています。これも何かの縁。後味の悪い夢を払うために、若杉はその僧の鉢へ何枚かの永楽銭を入れました。

僧は相当高齢のようで、白い両の眉毛が頬のあたりまで垂れる異相の持ち主でしたが、

「お待ちなさい」

行きかけた若杉に声をかけました。

「拙僧は観相《かんそう》（人相見）を学んでおるが、お手前には還相《かんそう》死亡《しぼう》という相が、有り有りと浮かん

でいる。諸事気をつけるようになさい」

若杉はびっくりして、先刻八幡社で見た夢の話をします。

老僧はしばし首をひねり、脇にある石に腰かけるよう命じると、袂から紙片と矢立を取り出します。そして筆先を嘗めると文字を書き始めました。

「これは唐《から》の国に伝わる字相《じそう》というもの。お手前がまず初めに見た二本の木は、ひと文字にすると林。そこに泉が湧く寺ゆえ、林泉寺じゃ。ここから少女が出現したという。少女はつなげると妙という字になる。手にした三本の棒を三坊とすれば、つなげて妙三坊。これらに心当たりはござるかな」

「ございます。在所の藤河には林泉寺と申す古刹《こさつ》がございましたが、打ち続く戦乱で廃寺となり、焼け残った小堂に、いつの頃からか妙三坊という旅の僧が住みついております」

若杉は答えます。老僧はさらに筆を進めて、

「ここからが大事じゃ。少女が申す『眼が付いているから苦しむ』。字相では眼は妻《め》に通じる。即ち、お手前の妻が問題じゃ。そして蛇。家に戻ると蛇のような形をしたものでくびり殺されるという夢占《ゆめうら》じゃよ」

「そ、それは」

思い返してみると、近頃の妻の態度には何となく腑《ふ》に落ちないものがありました。若杉は眼

の前が暗くなります。

「くれぐれも御注意あれ」

老僧は杖を突き突き歩き出します。その背に向かって若杉は手を合わせました。

この僧こそ九州行脚途中の、因果居士でした。一説にこの時の彼は、秀吉の九州攻めに先立ち、その上陸地の筑前国を探索中であった、といいます。

藤河の里に戻った若杉は、そこは戦国末期の地侍ですから、一度度胸が据わると落ち着いたものです。

「行きつ戻りつで大いにくたびれた。まず酒を」

と命じると、妻はいつにない愛想の良さで酒の仕度をします。若杉が家の中をそれとなく観察してみれば、妻は台所脇の納戸にちらちらと視線を投げかけていました。

(あそこに誰ぞ隠れておるのか)

若杉は酒に酔ったふりをして横になりました。すると、納戸の引戸が開いて、妙三坊が紐を手に忍び出ます。若杉の後から首に紐の輪をまわそうとした刹那。若杉は腰刀を逆手に抜いて背後の妙三坊を刺し殺しました。

それを見た妻は逃げようとしますが、これも後から走り寄って一刺し。

不義者二人を見事返り討ちにしたということです。

これとよく似た物語が、鎌倉初期に成立した『古事談』に出てきます。一条天皇の頃（在位九八六―一〇一一）、橘頼経《たちばなのよりつね》という武者に忠告して命を救った、伴別当《とものべっとう》という占い師の物語がそっくりなのです。

さらに日本古典文学大系の注記にも『今昔物語』に同様なものがあり、それも平安初期の学者三善清行《みよしきよゆき》の記録『善家秘記』（貞観六年・八六四）弓削是雄《ゆげのこれお》の夢占話から取られた、と書かれています。

以上のごとく因果居士の物語は、古くからある奇談を焼き直したものばかりで、怪人果心居士のような、不気味極まりない幻術話と比較になりません。

そもそも、武将の傍らに侍る僧形の術者は御伽衆ですから、この因果のように地味で逸話のはっきりしない者がほとんどであったのです。

七、たらま弥介

毛利秀包《ひでかね》は、名将毛利元就が七十一歳の時に出来た子とされています。

この人が筑後《ちくご》国久留米（福岡県久留米市）に七万五千石の領主として入部した時のことです。

領内に、馬ヶ嶽《うまがたけ》という山（同行橋市内）がありました。花崗岩の露出した奇怪な形の山です。この山の頂に、いつの頃からか一人の僧が住まっていました。この僧は九州によくいる半僧半武士、山岳修験の者で法力自在と評判でしたが、ある時、他領の者と諍《いさか》いを起こしました。秀包は新領主の仕事として、その調停に乗り出します。しかし、何やらこの僧に含むところがあったようで、さして調べもせず処刑を命じました。

刑場に引き出された僧は、秀包に向かって大声で叫びます。

「およそ人を罪に落とす時は、隅々まで理非《りひ》を糺《ただ》し、世の人もっともだと納得したとき、その人を処刑しても自業偈果《じごうげか》（仏語に言う自業自得）の理《ことわり》によって恨みも生じぬものだ。理不尽に人を処刑すれば、その恨みは海より深いぞ。おい、筑後守（秀包）、この上は怨霊となってお前に取り憑いてやる」

叫び散らして首を刎《は》ねられました。

その日から数えて十四、五日経った頃。

秀包は、近習《きんじゅ》の者を召して、奥より刀箱を出すよう命じます。かしこまりました、と近習たちが二箱、城の広間に運び入れます。

秀包は蓋を開けてあれこれ確かめる風でしたが、二尺三寸の打刀を手に取り鞘を払うと、目の前に控えた小姓の一人に向かって、

「我が遺恨……」

覚えたるか、と叫んで真っ向から斬りつけました。ところがこの小姓は心得があり、刀箱の蓋を取って刃を防ぎます。

秀包は歯がみして広間を走り出ると、刀を振りまわして控えの者たちに斬りかかりました。

「お主《しゅう》（主君）御乱心に候ぞ」

侍衆は戸板を持ち出して秀包を押し詰め、廊下の端にある小座敷に追い込みました。

部屋の中でも秀包は暴れまわり、大声で叫びます。

「我を害した罪とは何であろう。己らをいちいち取り殺し、長く恨みを述ぶべきものを」

という言葉を聞いた侍たちは、これが刑死した僧の仕業と悟ります。

「憑きものとは、また厄介な」

「まず殿から打物（刀）を取りあげて、怪我をいたさぬようにしたいものである」

しかし、ただでさえ立て籠もりの敵は難物です。さらに、秀包は精神が錯乱しているうえに、毛利家伝来の刀術を心得ています。

侍衆が手をこまねいていると、そこにたらま（田良摩と書く資料もあります）弥介《やすけ》という者が進み出ました。

「それがしに考えがござる」

と、ひとつの計画を語りました。

「たとえ怨霊が憑いていようが、殿は生身の身体。暴れ続ければ疲れ果て、寝入ることもござろう。その間に、床下へ這い寄り、板敷を外して畳を落とす仕掛けを作りまする」

「畳を落とした後は」

「畳の内より踊り出て、殿の足を摑み、床下に引きずり込んで縁《えん》の束《つか》（床下の柱）に足を結びつける。その時、四方より部屋に打ち入り、刀を取り給えば、いかが」

「妙案である」

侍一同は納得します。弥介は細引を手に縁の下へ潜りました。

彼が床下の板を外し、時をうかがうと、疲れて眠りこけていた秀包が再び目を覚まします。

「憎い奴原《やつばら》。ここを出せ。もうひと暴れしてやるぞ」

部屋を防ぐ障子や杉戸を、縦横に斬り裂いて騒ぎました。頃合いを見て弥介は、畳をはね退けて飛び出し、秀包の左足首を摑みました。

そのまま秀包を床下に引きずり落とし、細引で柱に結びつけると、大声で部屋の外へ、

「方々、入りませい」

侍たちがなだれ込み、刀を取りあげると折り重なって主人を押さえます。

ぐるぐる巻きにした秀包を別室に担ぎ入れ、夜昼番をしますが、秀包は悪口雑言を止めませ

ん。

「いつまでも、お主を縛っておくわけにも参らぬ。何とかならぬか」

「憑きもの落としをせぬことには」

良い呪術師《のろんじ》（怨霊払い）はおらぬものか、とまた人々が悩んでいると、再度たらま弥介が手をあげました。

「それがしの家には、こんぽん（懇望・祈願）の法《のり》が伝わってござる。呪いの文字は祝の字に近し。馬ヶ嶽の怨霊を恨みて遠ざけるより、ここは僧の霊を神に祀《まつ》り祝いて敬うべし」

「汝がその、こんぽんの法を、呪《ず》すると申すのだな」

「いかにも」

城の一角に壇を築いて弥介に祈らせると、五十日ばかりして秀包は元の状態に戻りました。

大坂城にあった秀吉は、この話を耳にして、こう言います。

「さっそくの快気、珍重《ちんちょう》（めでたい）なり。しかし（秀包の）家老の者ども、常に油断いたすな。大坂へ出仕することは、三年、五年かかっても苦しからず。ゆっくりと養生に専念いたすよう」

秀吉も一度怨霊の憑いた秀包を、すぐに身近く寄せるのは、気味悪く思ったのでしょう。

「それより出仕はなかりけり。おそろしかりし事どももなり」

と『義残後覚』（巻六の七）は話を締めくくっています。

ここで気になるのは、馬ヶ嶽の僧もさることながら、唐突に登場して事態をうまく収めたた、ら、ま弥介なる人物です。

捕物の知識があり、呪詛《じゅそ》もこなす。これはもう、忍者に近い職種の侍と言って良いでしょう。

彼は同家では新参であったと思われます。なぜなら秀包配下の家臣たちが、こうした弥介の「異能」に対し、彼自らが言い出すまで全く無知であったからです。

もしかすると弥介は、いざという時に備えて秀吉が、秀包のもとに送り込んだ、陰のお目付け役だったのかもしれません。

秀包は秀吉寵臣《ちょうしん》の一人で、羽柴の姓を許され、後に公式の席では、豊臣筑後守侍従《じじゅう》と呼ばれます。

彼が秀吉の一族同様に遇されたのには、理由がありました。

秀包は毛利家に生まれ、初め大田家、次に小早川家へ養子に入ります。

そのまま行けば年の離れた兄の小早川隆景《たかかげ》を、父と仰いで暮らすはずでしたが、毛利本家に危機が訪れます。

名家の好きな秀吉が、毛利家総領の輝元《てるもと》に後継ぎがいないところへ目をつけ、自分の親族木下秀俊《ひでとし》という男を押しつけてきたのです。秀吉が毛利家を乗っ取ろうとしているのは、誰の目にも明らかでした。

事態を憂慮した隆景は、養子にとった弟秀包を分家に出し、自らの家を秀俊に譲ると、自分は隠居しました。

小早川家も名家であったため秀吉も満足します。が、秀包の地位は宙に浮いたも同然。これを後ろめたく思った秀吉は、以来何事かあるたびに秀包へ目をかけ、秀包も関白を恨むことなく忠節を尽くしました。天正十五年（一五八七）の島津攻めでは、九州香春岳城《かわらだけじょう》（福岡県）に乱入し敵三人を討って城門を破る手柄を立てます。また、彼は鉄砲の達人でした。文禄二年（一五九三）朝鮮、碧蹄館《へきていかん》の戦いでは「雨夜《あまよ》の手拍子《てびょうし》」という愛銃を手に、五万の明軍を敗走させた、と『秀包略伝』には記されています。

ただ秀吉は秀包に、ひとつの不満と不安を抱いていました。

それは、彼が敬虔なキリシタンであったことです。

キリシタン大名大友宗麟《そうりん》の娘を嫁にして以来、秀包は熱心に教会へ通い、洗礼名もシマオ・フィンディナオと称していました。

彼が馬ヶ嶽の修験者を軽々と処刑したのは、その宗旨ゆえ。また秀吉が弥介を同家に送り込んだ真の理由が、キリシタン監視を目的としていたと考えればこの話に納得がいくのです。

八、幻術のもと

この話は、はるか弥生時代までさかのぼります。その頃、倭《わ》（日本）の九州北部にあった奴《な》国《こく》が、中国の後漢、明帝《みんてい》（在位紀元五七―七五）のもとに使者を送りました。

この時代、後漢の王都は洛陽。東アジアでも屈指の大都市です。弥生時代の使者たちは、高い城壁に囲まれたその威容に、目もくらむ思いであったでしょう。

明帝は王宮の西門に接して「平楽観《へいらくかん》」という芸能専門の宮殿を建てていました。世界各地から訪れる使節団は、ここで接待を受けます。宴には山海の珍味が並び、余興として数々の曲芸が演じられました。

張衡《ちょうこう》という人が記録した『西京賦《せいきょうふ》』には、角抵《かくてい》（相撲）、衝狭《しょうきょう》（剣くぐり）、跳丸剣《ちょうがんけん》（剣を用いたお手玉）、都慮尋橦《とりょじんしょう》（竹竿登り）、呑刀《どんとう》・吐火《とか》（刃物を呑み、火を吐く）という現在でもよく見られる芸に混じって、

「僊倡戯《せんしょうぎ》」

という不思議な技が出てきます。倡優《しょうゆう》というマジシャンが、屋内に霊山を湧き出させ、そこから幾つもの怪獣が現れる、というものです。さらにこの芸から進んで、黄公《おうこう》（古代の神

帝）に扮した男が、立って霧を起こし、座して広大な山河を客の目前に現す、という大技も行なわれたといいます。

　接待を受けた奴国の使節団も、これには胆をつぶしたことでしょう。

　平楽観で演じられた諸芸、特に「幻術」は、それより約二百年前の前漢武帝時代に、西方から渡来したとされています。紀元前一四〇年頃、安息国《あんそく》（パルティア）から来た使者が、同国人の幻術師を武帝に献上して、それが慣例のようになり、以来漢の王宮では常に数人の術士が、王の近くに侍りました。彼らもほとんどが、インド・ペルシア地域の出身者です。

　明帝の五十年後に即位した安帝の時代に、現在のミャンマー地方から献上された術士もいましたが、彼ですら、

「我は大秦王安敦《だいしんおうあんとん》の臣下なり」

と称していました。安敦はローマ皇帝「マルクス・アウレリウス・アントニヌス」の中国名です。

　思うにこの人は、ローマ帝国が占領していた西アジア地域から船でインド洋を渡る、いわゆる海のシルクロードを伝って中国に入って来たのではないでしょうか。

　こうした西アジア型幻術の特徴は、前記の、室内に霊山や怪獣を出現させるものの他、「植《しょく》瓜《か》」（短時間で種から瓜を実らせる術）、「屠人截馬《とじんさいば》」（死人と馬の首を付け替える術）、「自支《じし》

解《かい》」（身体を分解して元に戻す術）など、気味の悪い術がほとんどです。

古代の中国大陸には、ペルシア渡りのものとは異なる「術」も伝わっていました。方《ほう》術・仙《せん》術と称するものです。

方とは遠方から伝わった医・養生・占いの術。仙術は、深山に分け入って不老不死を得ることが最終目的ですが、その過程で得る魔術もこう呼ばれました。

東晋（紀元三一七—四二〇）の干宝《かんぽう》が著した『捜神記・一』には、紀元前一〇〇〇年頃の前周時代に出現した、葛由《かつゆ》という仙人の話が載っています。

彼が一匹の木羊《もくよう》に跨がって蜀《しょく》に出現すると、その国の王や貴族は争ってこれに従い、綏山《すいざん》という高い山に昇り、帰って来なかった。皆、仙人になってしまったようだ、とあります。

中世ドイツのハーメルンに現れた笛吹きが、町の子供たちを操り連れ去った話に似ていますが、指導者たちを全て失った蜀の国は、その後どうしたのでしょう。

三国志の悪役曹操《そうそう》も、方士や仙人を身のまわりに集めました。華陀《かだ》という人は、神気《しんき》という免疫を得る術を開発した名医でしたが、曹操に殺害されます。

左慈《さじ》という方士は、浅い銅盤の中から松江《しょうこう》の鱸魚《すずき》を釣りあげ、蜀の山椒《さんしょう》を出してみせました。曹操の宮廷で宴が催された時、一升の酒と一斤《きん》の肴で百人の諸役人を腹一杯にさせたといいます。

初めはおもしろがっていた曹操も次第に左慈を気味悪く思い、殺害を決意しました。兵を差し向けると、それと察した左慈は壁の中に溶け込み、また羊の大群に紛れて逃れました。追手が「おい、左慈」と呼びかけると、数百頭の羊が一斉に振り返って「何だ」と答えた、と伝えられます。


倭国に古墳時代が始まると、こうした奇怪な技を持った帰化人が、次々に列島へ渡って来ます。

そのルーツは、すでに紀元前二百年頃。秦の方士徐福《じょふく》が、不老不死の薬を求める始皇帝の依頼に応じて、蓬莱を目差したことから始まっています。

当時、中国大陸の東方海中には、蓬莱山《ほうらい》（一説には今の富士山）を含む三つの聖山があり、そこに住む仙人が不死の丹薬《たんやく》を作る、という伝承が広く信じられていました。

徐福が東海へ船出して行方不明になった後、しばらく方士・幻術師の倭国渡海は途絶えます。しかし、紀元五世紀から六世紀頃、再び彼らは動き出しました。

朝鮮半島経由で倭の正確な情報が入ってくるようになったこと。神仙思想の再ブレーク。そして倭国の中央部に、原始的ながら王朝らしきものが成立したことがきっかけでした。

幻術師を含む諸芸人は基本、生産的労働の無い宮廷社会に、寄生することでしか生きられない人々だったからです。

「倭の五王」と呼ばれた時代、初代の讃《さん》（倭名は応神？）から武《ぶ》（倭名は雄略？）の頃にかけて、最初の渡来人ブームが起こります。

酒造り・金属加工・織物など、大陸の新技術を携えてやって来た渡来人の中には、倭国の宮廷にうまく取り入り、下級貴族並の地位を得る者も現れます。これには大きく分けて二系統ありました。

秦人《はたひと》系、漢人《あやひと》系と呼ばれる人々です。『日本書紀』にも、

「秦氏の祖である弓月《ゆづき》の君は、百二十県の民を率いて帰化した（応神帝十四年の項）」「倭漢人《わのあやひと》の祖、阿知使主《あちのおみ》とその子都加使主《つかのおみ》が党類《ともがら》（族）十七県を率いて来た（同二十年の項）」

とあります。家族単位ではなく、職業集団としてかなり組織化された形での渡来であったことがわかります。

初め術士たちは、音曲の奏者や役者たちの中に打ち混じり、何気ない顔で倭国に入って来たのでしょう。

なぜこのような音曲や幻術の専門家を、渡来の職業集団が伴っていたか、といえば第一に彼らが集団の祖先を祀る祭事に欠かせぬ存在であったからです。むろんそこには、渡来人同士の

絆を深めるための宴や、娯楽に供する役割も含まれていました。

雄略帝以後、渡来人の数は僅かな減少を見ますが、天智帝の頃（七世紀後半）になると、再びその数は増加します。

これには、倭国政権内の改革（大化の改新）による人材不足を見極めての渡来。あるいは、朝鮮半島の百済・高句麗の相継ぐ滅亡での難民増加などが考えられます。

当然、国内における渡来人の数は膨れあがり、その質も低下していきました。倭国の朝廷は、彼らを優遇することが出来なくなったのです。

この姿は、現在の欧米における移民問題と全く同じものと考えて良いでしょう。

そこで朝廷は、先に渡来して貴族化した帰化人たちに後続の渡来人を管理させ、一部は国内各所の未開地に、開拓民として送り込む政策を開始します。

この時、秦氏系の先住民は、与えられた隷属民を用いて、山城《やましろ》（京都府）周辺の土地に灌漑や開墾を行ない、大豪族となりました。

「(後発の）秦の民は四方に分散して居住し、養蚕や織物に従事していたが、なかなか思うように働くことをしなかった。それを秦氏の祖、弓月の君から数えて三代目の酒公《さけのきみ》が天皇の前で嘆くと、天皇は、秦系の民をひとつにまとめて酒公に賜った」

『日本書紀』雄略天皇十五年の条にはこう出ています。

なお、この話には補足として、

「酒公は百八十種の手職《しなべ》の者に命じて織りあげた絹を朝廷に献上した。反物《たんもの》にして運ぶと、うず高く積み上がったため、以後その地をウズマサと呼び、姓として酒公に賜った」

これが、現在の京都にある映画撮影所で名高い太秦《うずまさ》の地名伝説につながります。『日本書紀』の「雄略天皇紀」そのものは、後の七世紀後半、天武天皇の頃に出来上がった記録書ですが、その頃になると、秦氏の直系と後発渡来人の間には、王と奴隷ほどの身分差が生まれていたかと思われます。

酒公に仕えた百八十種に及ぶ手職者の中には、音楽や演劇の関係者がたしかに混じっていました。

それは、現在も酒公を祀っている京都太闢《おおさけ》神社（太秦明神）の牛《うし》祭にも残っています。

例年九月十二日、戌《いぬ》の刻《こく》（午後八時頃）に催されるこの祭りには、奇怪な面を着けた僧侶や奉仕者が松明を掲げて参加します。

現在では中止されているようですが、古い記録書によれば、

「（祭文を唱える人々は）広がった頭に木の冠を被り、だんびろの足に古下駄をからげ、痩せた馬に荷鞍と鈴を付けて駆け出す者あり、男性器を剝き出しにして威張り返る者、裸のまま牛に跨がって尻を擦り剝き痛がる者もあり、狂喜乱舞に至る……ひとえに百鬼夜行に異ならない」

と、ほとんど乱痴気《らんちき》騒ぎに近いものであったようです。

これはいつの頃からか「マダラ神」祭と呼ばれるようになっていきます。しかし当初、秦氏の祖先祭だったことは確実で、祭礼に奉仕する人々も、芸人や幻術師といった一般帰化人からは浮き上がった連中と想像されます。

祭りの度を越した馬鹿騒ぎも、日頃虐《しいた》げられていた彼らの、年に一度の鬱憤晴らしの場と見れば理解できぬこともありません。

当然ながら、平安時代の初めになると、

「異国由来の祭礼とはいえ、その下品さは寺社としていかがであろう」

という意見が出て、祭りの内容は少しばかり上品なものに変わります。弘法大師空海が読んだという同神社の祭文には、

「それおもんみるに、姓を乾坤《けんこん》の気に受け、徳を陰陽の間に保ち、信をもっぱらにして仏に仕え、慎《つつ》しみをいたして神を敬う。天尊地卑の礼を知り、是非得失の品をわきまえる」

(我々は天地の気を得て、まごころを心掛け、仏に仕えて神を敬います。礼を知り品をわきまえます)

これは事実上、祭りの無礼禁止宣言です。祭りを騒ぎの場と心得ていた芸人たちは、太秦明神から自然排除されていくことになるのです。

芸を捨てた一部の人々は田畑を耕す農民になり、芸を捨てきれぬ者は、地方の豪族や寺社に仕えて異国の技を伝えます。

中にはうまく天皇家やその附属寺院に潜り込んで、俳優《わざおぎ》・幻伎師《めくらまし》の地位を得る者も現れました。身の軽い者は曲芸を行ないます。長い竿の上に人が乗って舞や笛、太鼓を叩く芸。鋭い刀の刃を腹に突き立てた力士の上で、子供がお手玉をする芸などの他、大和東大寺の周辺では、現代のイリュージョンとさして変わらぬ、奇術曲芸、音楽とのミックス芸さえ催されました。

『見世物の歴史』にはその様子が出て来ます。

「異国の音楽が始まると、骨だけの獣が踊りながら庭の中央に進む。と、そこに池があり、水が噴きあがる。獣は比目魚《ひもくぎょ》という魚の怪物に変わってこれも水を噴く。あたりは霧で覆われ暗黒の世界となる。霧の中から巨大な黄色い龍が現れて舞い始める。すると再び陽が照り、庭は明るくなる。その間、龍のまわりでも諸芸が演じられる。美しい女性二人が縄の上で、肩をすり合わせて行き交い、足元に置かれた大桶の前で男が、足踏みしつつ肌を剥がして身と皮膚に分け、桶の中に投げ入れる。やがて鐘が鳴り、諸芸人たちは上座へ挨拶し、退出する」

獣が魚に変わるのは縫いぐるみの早変わり。黄龍の出現は今も長崎のおくんちで見ることができる蛇踊り型の芸と想像できますが、霧で太陽を隠し、人の皮膚を脱ぎ捨てる技となると奇術の範疇を超えて、これはもう集団催眠、幻術のカテゴリーに入るものではないでしょうか。

前記の後漢の王宮で演じられる芸、霧の中から山河を現す「僊倡戯」の幻技にも似ているようです。

こうした芸も、時代が下るにつれ上流社会の娯楽からは排されていきます。

「異国の技はきらきらし」

と、初めは単純に楽しんでいた人々の中から、

「あれは外法《げほう》ではないか」

と嫌う声が出始めたのです。外法は婆羅門《ばらもん》（古代インドの反仏教徒）が用いる不気味な技とされ、まず真面目な僧たちが忌み嫌いました。仏道は学問の積み重ねにあり、幻術による偽の奇跡は、教えの妨げにしかならないというのです。

僧侶の中にも時折、外法を用いる者がいましたが、これらも「外道《げどう》」と呼ばれて遠ざけられていきました。

幻伎・音曲の者たちはまたしても生活《たつき》の道を奪われます。生き残る術《すべ》は、庶民の間を渡り歩いて糧《かて》を得ることだけでした。

うまい具合に、その先駆者ともいうべき人々はすでに存在しています。

それが、傀儡子《くぐつ》と呼ばれる放浪の雑芸人集団でした。

九、傀儡子のこと

倭国に帰化した諸芸人には、秦系や漢系の品部《しなべ》とは別に、日本の古代朝廷と一切関わり合いを持たぬグループも存在しました。

「傀儡子」

と呼ばれる人々です。この芸能集団が、どのようなルートをたどって我が国に流れ込んで来たのか、全くの謎です。

そもそもこの傀儡子という文字が、禍々《まがまが》しいイメージです。最古の文字学書『説文』には、人偏《にんべん》に鬼の字は、鬼が人に憑依する状態を指し、儡はつぶれる、落ち着かぬ、疲れる。この二文字を合わせると、あやつり人形の意味になると書かれています。

傀儡（子の字は含まない）の文字を嫌った人たちは郭禿《かくとく》と呼びましたが、これを怪しんだある人が、由来を学者に問うと、

「昔、郭というハゲの雑芸人がいた。滑稽な芸を得意としていた。故に傀儡子は彼を象《かたど》った人形を作り、郭禿（はげの郭さん）と呼んで滑稽な舞をした」

と答えたと、『顔氏家訓』にはあります。これは中国北斉《ほくせい》時代、我が国に仏教が伝来した頃

の話ですが、別の資料には傀儡子の起源はそれより古く、紀元前一〇〇〇年頃の周の時代までさかのぼる、とあります。穆王《ぼくおう》が西方に狩をした時、出会った者から傀儡子と呼ばれる人形を献上されました。

「人形は身の内に内臓を備え、外に筋骨、皮膚、髪の毛、歯を備えた精巧な作りであった」と『列子』には書かれています。これから察するに当初は操り人形ではなく、祈禱師が呪詛に用いる形代《かたしろ》のようなものだったのかもしれません。

しかし、いずれにしても、傀儡子と人形には深い関わりがありました。

日本にも、そのものずばり『傀儡子記』という本を著した人がいます。平安後期、五代の天皇に仕えた学者で歌人の大江匡房《おおえのまさふさ》です。彼は傀儡子たちの生態をこう記録しています。

「彼らは定まった住居が無く、穹盧氈帳《きゅうろせんちょう》、水草を追って移動する。生活形態は、すこぶる北狄《ほくてき》の風習に似ている」

穹盧氈帳は、天井の丸いフェルト製のテント。水草を追って、とは生活し易い水辺から水辺を移動する、という意味です。

まるで中国の北方に住む遊牧民を思わせる描写ですが、実際には葦《あし》や真菰《まこも》を刈って水際に小屋を作り、生活道具は肩に担ったり、荷車に積んだりして動いていたようです。

匡房は日本屈指の漢学者でしたから、ことさらに漢文調の表現をしたのでしょう。

しかし、この続く文章を読めば、やはり一般の日本人とは少々異なる生活をしていたことがわかります。これも要約すると、

「剣や毬《まり》を宙に投げ、木の人形を舞わせ、土塊《つちくれ》を黄金に変え、草や木を鳥や獣に化けさせる。女は化粧して男性に媚《こび》を売り、男は馬を乗りまわす。田畑を耕さないから税も払わず役人の命令を受けることもない。……夜ともなると彼らは百神《ひゃくしん》を祀って酒を飲み、踊り狂っては喧嘩ばかりする」

彼らは、ここでも古代中国の傀儡子と同じく、木の人形を操り、曲芸を見せています。土を貴金属に、草や木を動物に変えるのも幻術の基本でした。特に注目すべきは、「百神」を祀る、という記述です。

百神は、集落の入口から魔が入ることを防ぐ塞《さえ》の神です。また道を守り、男女の性愛を司どる神ともされています。形は少し違うものの朝鮮半島に存在し、東南アジアにも同様のものが見受けられます。

道を移動して生きる人々にとって、百神は、敬うべき神だったのです。

この百神を特に勧請《かんじょう》（神霊を分け迎える事）して、人形を舞わせる専門のグループもありました。

百大夫（または白大夫）を称したこの一族は、渡来以来の人形操りを継承する、由緒正しい

傀儡子であったようです。

兵庫県西宮市には、海上・漁業・商売繁昌の神として恵比須《えびす》神が祀られていますが、本殿の左に百太夫神社があり、神社の外郭には、傀儡子集団が住んだとされる地域も残っています。

この西宮傀儡子は、正月に豊漁を祈願して神が鯛を釣る人形劇「恵比須舁《か》き」の芸人として、西日本では広く知られていました。

このように初めは放浪の民であった彼らも、時代が下るにつれて、各地に定着しました。

『傀儡子記』の中には、

「東国――駿河《するが》（静岡県中部）から東、美濃（岐阜県）、あるいは参河《みかわ》（愛知県）、遠江《とおとうみ》（静岡県東部）などに住み着いた集団は財産を蓄積し、山陰地方但馬《たじま》の集団がこれに続き、西海党（九州の集団）は貧しい」

と書かれています。

定着が始まると、彼らの奔放な生活は、周辺の農村社会にいろいろと影響を与え始めます。傀儡子の広める歌や踊りを自分たちの祭りに取り入れる村々がある一方、都市部では売春組織に組み込まれた傀儡子女《め》と関係を持つ上流階級の人々も増えていきます。

平安時代の歌謡集『梁塵秘抄《りょうじんひしょう》』に、

「遊女《あそびめ》の好むもの……男の愛祈る百大夫」

というそのものずばりの歌さえ記録されています。

彼ら傀儡子は、異文化交流の尖兵《せんぺい》でもあったのです。

「怪しき傀儡子女の腹」に宿った著名人の子が、この時代、かなり多かったと記録されています。

東国に源氏の基礎を固め、鎮守府将軍となった八幡太郎《はちまんたろう》こと源義家《よしいえ》は、父頼義と傀儡子女の間に出来た子という説（『源平盛衰記』）があり、藤原氏の下級貴族にも同様な例は多く見受けられました。

「腹は借りもの」と言い、父親の系統が重んじられた時代でしたが、母親の血統もそれなりに注目されました。異邦人の流れと蔑まれた傀儡子を母に持つ子は、普通、長子であっても嫡男の扱いは受けません。

そんな時、彼らを庇《かば》ったのが「怪しき」傀儡子の仲間です。

物資の運搬、情報の伝達に独自のルートを持つ彼らには、まず財力がありました。

また、一般人と倫理観の全く異なる傀儡子は、同族の者が不利と見れば、自分たちの特技を惜し気もなく発揮します。

平安時代中頃、ようやく実力をつけてきた初期の源氏武者にとって彼らは、実に頼りになる裏社会組織でした。

傀儡子女たちは、貴族の宴席に侍って、言葉巧みに情報を収集します。曲芸・幻術に長《た》けた傀儡子男《お》は、敵の館に忍び入って放火や略奪を行ないます。時には一夜に数十里も走って地方の武士に都の様子を伝えたりもしました。

人の虚を突き、思わぬところに出没する傀儡子は、後世の忍者そのものと言って良いでしょう。

平安後期の院政時代、西暦で言えば十一世紀末。それまで半ば日陰の身であった武士たちが、社会の表舞台に登場すると、彼らの裏仕事を請け負う傀儡子たちも力を得ていきます。また中には、何食わぬ顔で武士の郎党に紛れ込む者もいました。

保元の乱（保元元年・一一五六）に活躍した鎮西八郎《ちんぜいはちろう》こと源為朝《ためとも》は、都近くに置けば何をするかわからぬ、と父の六条判官（為義）が一時九州に放ったほどの乱暴者でしたが、彼は身のまわりに盗み、石投げ、放火、毒飼い（暗殺）を専門とする得体の知れぬ者たちを集めていました。全てとは言わないまでも、その何割かは傀儡子の血をひく者であったはずです。

奇妙なことに、武芸をもって仕えた傀儡子たちは、平治の乱（平治元年・一一五九）を境として急速に武家社会から離れていきます。

それは平氏の台頭に関係していたのかもしれません。傀儡子たちの多くは没落していく源氏に見切りをつけ、元の雑芸や売笑の社会に戻っていったのです。野卑な遊びを好む後白河天皇は、彼ら彼女らを御所に招き、流行り歌や舞を学びました。

「帝には魔が憑いた」

と、人々は驚き呆れますが、後白河天皇は傀儡子の諸芸を愛し続けます。

おもしろいことに平氏が傀儡子たちを裏仕事に用いた、という話はあまり聞きません。海上交易によって財力を蓄えた平氏一門が頼りとしたのは、同じ異能人でも唐人《からびと》や海洋民でした。特に平清盛を中心とする伊勢平氏は、父祖の代から、伊勢・熊野の山岳修験者と関わりが深く、非合法な活動には海賊を用いていました。

別に傀儡子の戦力に頼る必要もなく、それどころか、一時源氏に使われていた彼らを、警戒さえしていたようです。

平氏と初めは友好的に付き合い、その後掌を返したように険悪な関係となる後白河天皇（院）が、ことさらに傀儡子たちを身近に集めたのも、実はこのあたりに何やら理由があるのかもしれません。

十、猿楽と幻術

長い放浪に飽きて、一ヶ所に住み着いた傀儡子たちも、農業にいそしむ殊勝な者は少なく、多くは街道を旅する人々に娯楽を提供する、遊女宿や芸人の村を作ります。

当時、地方には必ず「別所《べっしょ》」と呼ばれる寺社隷属の芸能村があり、商売の利権にからむ争いがあちこちで起きました。寺社の隷属民の多くは、大陸から渡ってきた秦氏漢氏《あやうじ》の血をひく芸人です。おそらく一般庶民の見えぬところで、凄惨な戦いが繰り広げられたことでしょう。

そうした争いが一段落すると、伎芸の交流が始まります。秦氏系の舞や接待術が傀儡遊女たちに取り入れられ、一方曲芸や人形操りが秦氏の雑伎に影響を与えました。

それらは、ひとくくりに散楽《さんがく》と呼ばれます。

古代の中国では「散」は、俗なもの、雑多なものを意味しましたが、日本では舞や劇ばかりではなく、画を描いたり、楽器を作る技まで含まれました。

初め散楽は御所の内侍所御神楽《ないしどころのみかぐら》や相撲節会《すまいのせちえ》の夜に演じられる由緒正しい演劇でした。が、傀儡子の諸芸や呪術師《のろんじ》、田植えに演じられる田楽《でんがく》が入り混じると、庶民も楽しむものに変わっていきます。

特に滑稽な物真似芸は人気を呼び、いつしか散楽の語彙《ごい》が転訛《てんか》して猿楽《さるがく》と呼ばれるようになりました。

これも当初は、ただ人や動物の真似などしていたのですが、そのうち筋のあるシリアスな劇が演じられるようになり、『新猿楽《しんさるごう》』と呼ばれます。

平安後期の学者藤原明衡《あきひら》が著した『新猿楽記《しんさるがくき》』には、百丈《ひゃくじょう》・仁南《にんなん》・定縁《じょうえん》・形態《けいたい》という四人の演技名人が技を競い合ったとあります。

一方、傀儡子の中には、定着して一般人に混じることを頑なに拒む人々もいました。彼らは山河を徘徊するうち、山の木を加工する「木地師《きじし》（屋）」になっていきます。

木地の細工に回転工具「轆轤《ろくろ》」を用いる一派は、木椀や杓子《しゃくし》の他、太鼓も作りました。

小説家戸部新十郎は、そのものずばり『忍者』という本の中で、こう書いています。

「山の民といわれる、〈木地屋《や》〉もそうかもわからない。クグツは歌舞の民だから、太鼓やその他楽器を造る技術をもっていただろう。太鼓の胴などは、ロクロがなくてはできない」

山奥を行き来する傀儡子木地師は、猿楽を裏から支える人々でもあったのです。さらに彼ら木地師は、平地の民が知らぬ山の道を急速に移動する術を心得ていました。これは情報の伝達には欠かせぬ技です。木地師も、忍者の祖型のひとつであったと思われます。

ここでひとつ、音曲と幻術に関わる筆者の体験を書いてみたいと思います。

今から何十年か前、筆者はインドを旅行しました。現在ではムンバイと呼ばれる大都市（そのころはボンベイと呼ばれていました）の安ホテルに泊まり、そこで知り合った若い日本人旅行者と観光名所をあちこち見てまわったのですが、郊外のとあるヒンズー教寺院で実に奇妙な体験をしました。

そこではある程度の喜捨《きしゃ》をすれば、イベントに参加できるというのです。嫌がる知人を説き伏せ、日本円で言えば週刊誌一冊分ほどの、僅かな金額を払って中に入りました。

通されたところは寺院の端に連なる丸い建物の中です。天井は丸い三つのドームで出来ていました。

部屋の隅に三人の老人が、金属製のベルをふたつずつ持って立ちます。しばしの沈黙の後、突然一人の老人がチリチリとベルを鳴らします。何か唄い始めたようですが、声は聞こえません。すると、左隣の老人が、少し高音のベルを鳴らし、右隣の老人がさらに高い音をあげます。

ベルの音は順番に上り下りしながら、ドームに反響し、だんだん複雑な音に変わっていきました。六個のベルもそれぞれ音階が違うなと思って耳を傾けていると、そのうち奇妙なことが起こります。

自分の手足の先端に細かい痺れが起き、少し軽くなったような気がするのです。身体がふわりと浮き上がる気分もして、急に睡魔が襲ってきました。

その眠気を必死に抑えていると、丸天井が自分の真上にのしかかるように感じたり、演奏している老人たちの背が、ぐにゃぐにゃと伸び縮みし始めました。

得体の知れぬ恐怖を感じて逃げようとしましたが、膝の力が抜けて動くことも出来ません。

ベルの音はますます高くなり、突然小さな音に変わって止みました。

気がつくと、老人の一人がベルを逆さにして何か言っています。チップを請求しているとわかり、何がしかのお金をベルに入れて外に出ました。最初は料金の無駄だと嫌がっていた連れの者も、興奮気味の口調で言いました。

「あれ（ベルの音）は、持ってかれるなあ」

意識が何処かに飛ぶことを持っていかれる、というのは実に雑な表現ですが、たしかにそんな気分でした。

こうした音による幻覚、異常知覚の話は、日本でも耳にしました。

歌舞伎の舞台では、外国に無い様々な音の表現があります。天候などを太鼓で表現するのもそのひとつです。

深々と夜のふけわたる様子や、雪が降り積もる情景には、必ず低い太鼓の連続音が被ります。

これは一部の人には理解できぬ演出らしく、ある時、国立劇場のロビーで幕間に、

「良いシーンに、立て付けの音が入るのは不快である」

と盛んに係員へクレームをつけている外国人を、見かけたことがあります。彼には太鼓の音が、裏で大道具を製作している音にでも聞こえたのでしょう。

この事を長年の友人である歌舞伎マニアの女性に語ったところ、

「困った話ですね。でも私も……」

と、その太鼓の効果音について奇妙な話を始めました。

「いつもは何事もないのですが、前の日徹夜で疲れている時や、空腹の時に『忠臣蔵』の南部坂なんか観賞していると、不意に椅子から浮き上がるような気分がして、手足もピリピリしてね。猛烈に眠くなるんですよ」

南部坂とは、大石内蔵助が主家に別れを告げる雪の場面です。その女性はただのマニアではなく半ば評論家で、時折は劇場のパンフに記事も依頼される人です。そういう心得のある人でも、私がインドで経験したのと全く同じ音の異常知覚があるのかと、少し驚きました。

古代日本に渡来した大陸系の幻術とは、このような外的要因による催眠効果で、現実に有り得ぬものを見せる技だったのかもしれません。木地師と化した傀儡子が轆轤を用いて楽器を作り続けたのも、そのあたりに少し関係があるのか、とその時思ったものでした。

話を猿楽に戻します。

平安末期、「今様《いまよう》」「白拍子舞《しらびょうしまい》」が出現すると、猿楽の者たちは、さっそくこのふたつを自分たちの舞台に取れ入れました。今様は流行唄、白拍子舞は、女性が烏帽子・水干《すいかん》をまとい、腰に太刀を佩《は》いて凜々しく舞う男子舞です。この少し倒錯的なところが後白河上皇や新興の武士たちに受けて、都でも地方でも大いに流行します。今様白拍子の舞い手は、宴席で貴人の接待もする高級娼婦ですから、所属の「宿」というものがありました。傀儡子宿の者、普通の(というのも変な話ですが)遊女宿から出る者、親子代々独自の白拍子宿を営む者など、初期は種々雑多であったようです。

後白河院は、特定の白拍子宿を指名して今様を習いました。院の、音曲への傾倒は度を越したもので、唄いが過ぎて喉が切れ、血を吐いたと伝えられます。

そうした貴人の動きは、如何なる些細な出来事でも宿の長に伝えられ、一族内でその情報が共用されました。

こういう例があります。平治の乱に破れた源義朝《よしとも》が東国を指して落ちて行く時、十四歳の頼《より》朝《とも》は父の一行とはぐれました。頃は十二月《しわす》。雪の中で危うく遭難しかけた彼は、美濃青墓《みのあおばか》の住人に助けられます。現在の岐阜県大垣市内、当時の東山道青墓宿は、遊女宿で諸国に知られ、長吏《ちょうり》(首領)は源氏とも懇意でした。しかし、その長吏は、都の合戦と平氏の勝利を知って心変わりします。敗者を匿《かくま》う不利を悟った彼は頼朝を平氏に売り、頼朝は以後三十余歳になるまで、流人として過ごすことになるのです。

この話には、妙な事がひとつあります。

都から遠く離れた美濃国の長吏が、頼朝が遭難しそうになるほどの大雪の中、なぜ合戦の勃発と平氏の勝利を知ったのか、ということです。

理由はひとつしか考えられません。雪で閉ざされた往還を命がけで走り、都の変事を伝えた者がいるのです。

では、なぜ遊女宿の首領ごときが、そこまで情報を大事にしたのでしょうか。

これには、遠隔地のニュースを欲しがる武士や商人が周辺に存在し、長吏は普段からその供給源になっていたことが考えられます。おそらく、都の貴重な情報も金銭や財物によって密かに取り引きされていたのでしょう。

また、東山道を旅する貴人たちは、酒と女のある場所では気を緩めます。遊女宿、傀儡子宿の主人のもとには、日々膨大な量の情報が流入し、彼らはそれを管理することで闇の武力を保持していたのです。

十一、角隅石宗の降剣術

九州の山々も、古くから山岳修験者の行き来する聖地として知られていました。中でも豊後国東半島《ぶんごくにさき》（大分県北東部）周辺と、豊前国《ぶぜん》（福岡県）境の英彦山《ひこ》は、天狗の住まうところとして、人々が大いに恐れる場所でした。

山伏と忍びは、昔から表裏一体の関係ですが、おそらくそのあたりで修行した人でしょう。戦国の頃、角隅石宗《もろずみせきそう》という妖術使いが出ました。

永禄の頃（一五五八―七〇）。九州六ヶ国の大大名大友宗麟《そうりん》（義鎮《よししげ》）に仕えて、軍配者《ぐんばいしゃ》（軍師）となり、合戦の呪詛や占いを行なった人です。

初め宗麟は、合戦のたびに各地の真言・天台の僧や陰陽師を召き、戦勝祈願を行なっていたのですが、石宗の指導通りに軍を動かすと常に思い通り事が運ぶため、ついに彼を家臣とし、己の軍配を預けました。大友家の家中では、

「あれは鬼の眷族《けんぞく》に違いない」

噂が立ちました。彼の姓からの連想でしょうか。九州には角埋《つのむし》、角島、都農《つの》、神角《しんかく》と、角にかかわる地名が昔から多く存在しています。

しかし彼が角の有る鬼とされたのは、家中の者にたびたび妖術を見せたことがきっかけでした。

ある日、宗麟の近習が、いつも石宗が無腰でいるのを咎《とが》めて、

「軍配者とあろうものが心得の無いことだ。いつ敵が襲って来るかわからぬに、腰刀一振りも帯びておらぬとは」

と言うと、石宗は笑って、

「いや、常に用意は怠りない。呼べばいつでも来る」

家来に持たせているのか、と問うと石宗は澄まし顔で呪文を唱えました。すると虚空から突然、脇差が降って来たということです。

「さらにかような技もある」

その腰差を谷間に投げ込んで印《いん》を結ぶと、さして祈る間もなく谷から風が吹き上り、脇差が石宗の手元へ戻って来ました。

「これを降剣《こうけん》の術と申す。我には常に天狗どんが憑いており申すで、心配はいらぬこと」

と答えます。

これは『大友興廃記』にある話ですが、他にも、石宗が歩けば、足元に辻風《つじかぜ》が立ったとか、空を舞う鴉《からす》が呼ぶと肩にとまった。あるいは、雀のとまった木の枝を折ったが、雀はじっとし

ていた、などの話が残っています。最後の鳥を自在に操る技は、島原の乱首謀者、天草四郎が見せたキリシタン妖術に似ており、これは当時の九州ではよくある術だったと思われます。

石宗が仕えてしばらく経つと、主家大友氏の家運に陰りが見え始めます。

宗麟がキリシタン文化に惑溺していったのです。身近に外国人宣教師を集め、ついにはその教えを受けて、日向国《ひゅうが》（宮崎県）にキリシタンの都と、博多に負けぬ貿易港を作る計画を立てました。

日向に手をつければ、南国で躍進めざましい薩摩島津氏の勢力と、正面から衝突します。

宗麟が陣触れをする直前、彗星が未申《ひつじさる》（西南）の方角に、長々と尾をひいて飛びました。

「西南には薩摩国がある。不吉なり」

大友家中には、出陣を渋る者も現れ、不安を感じた宗麟が石宗を呼んで占わせると、

「攻める方《かた》は裏鬼門の西南。さらに今年は大守様（宗麟）の厄年。彗星の尾が西へなびくことは、この戦い破れるが必定と出たり」

と言います。驚いた宗麟は、次にイエズス会士に問い合わせると、その会士は流暢な日本語で、

「御懸念には及ばず候、ドン・フランシスコ殿（宗麟の洗礼名）。神の国を作る戦でござる」

と答えました。天正六年（一五七八）二月、四万の大友勢は日向に進みます。初めは優勢のうちに戦いが始まり、同年十一月、日向灘に面した耳川河口で薩摩軍と対陣します。決戦の朝、陣中から空を仰ぐと、真っ赤な朝焼けでした。石宗は顔色を変え、

「血塊《けっかい》が雲間を覆う際は、戦うべきにあらず」

再び戦いを止めます。しかし、敵を見て逸《はや》る宗麟は止まりません。

「今はこれまでである」

石宗は、自分の貴重な体験や祈禱の奥義を記した文書を全て焼き捨て、甲冑をまとって法師武者となります。

合戦が始まると真っ先を進み、薩摩方の本郷忠左衛門に討たれました。

大友勢も総崩れとなった後、首は勝者島津義久《よしひさ》のもとに運ばれます。義久はこれを見るなりはらはらと泣いて、

「この僧は我の知人なり」

と言った、と『歴代鎮西志』にありますから、石宗はずいぶん顔の広い人物であったようです。首は丁寧に弔われ、薩摩阿久根《あくね》に天気予報の神として祀られました。『日本史』を書いたルイス・フロイスも、

「石宗は誰にでも天気の予測の法を教えた義の人である」

と記録しています。イエズス会士が異教徒の妖術使いを褒めるのはよほどのことで、石宗の人柄がしのばれます。

忍者編

一、異国伝来の技

江戸時代に書かれた忍術秘伝書に、『正忍記《しょうにんき》』という本があります。その冒頭には、次のような言葉が載っています。

夫レ為忍兵ノ之術也　其来ル（事）尚シ

「夫《そ》れ忍兵の術たるや、其《そ》の来る事尚《ひさ》し」

忍びが「兵」、その術がいわゆる「忍術」であることを明記していることもおもしろいのですが、注目すべきは「来る事尚し」という個所です。

これは以前、児童向けの歴史書などでは「古い時代からありました」と雑に訳していました。しかし、現在では「日本に渡来したのは久しく昔のことです」と書くことが普通になっています。

では、何処からその術（及び忍兵）は伝わってきたのでしょう。

それは日本の西方にある大陸、中国からでした。

軍事の先進国古代中国では、紀元前五〇〇年頃に『孫子』という兵書が成立します。この書は一巻が十三篇に分かれ、それぞれに戦争必勝の方法が記されていましたが、その最後の一篇に間諜《かんちょう》（スパイ）を用いる法、用間《ようかん》について述べられています。

この世界最古の戦争マニュアルは孫武という思想家の作ですが、長い間、後世の人が書いた偽書とされていました。しかし、昭和四十七年（一九七二）、中国山東省銀雀《ぎんじゃく》山から彼の名を記した古代の木簡が発掘され、実在の人とわかったのです。

この『孫子』が我が国に入ってきたのは飛鳥時代、仏教伝来の前後と考えられます。

紀元五六二年、朝鮮半島にあった倭国の拠点（任那《みまな》日本府）が崩壊すると、大陸や半島との軍事的緊張が始まりました。

厩戸皇子《うまやどのみこ》（聖徳太子）の弟来目皇子《くめのみこ》が、新羅《しらぎ》と戦う倭軍二万五千を編成します。新羅側もこれを察知して、国境の島である対島《つしま》に幾人かの間諜を潜り込ませました。『日本書記』推古《すいこ》天皇の九年（六〇一）の条には、

「九月辛巳《かのとみ》朔《ついたち》戊子《つちのえね》、新羅の間諜迦摩多《かまた》、対島に到《いた》る。則《すなわ》ち捕えて（朝廷に）貢《たてまつ》る。上野《かみつけ》に流す」

という記述が見えます。日本側にも、スパイを捕らえる対敵諜報員（カウンター・インテリジェンス）が存在していたのです。

この間（五九三―六二二）、天皇の摂政として政務をとっていたのは厩戸皇子でした。皇子は国内の政敵、仏教を排斥する物部《もののべ》氏や、後には力を持ち過ぎた同族蘇我《そが》氏の内情を探るため、「志能便《しのび》」と呼ばれる人物を秘密工作員に用いました。それは皇子の側近、大伴嚙《おおとものくい》の親族で大伴細人《さびと》という人物でした。

大伴氏は奈良時代以後、歌人・文化人が多く出た家ですが、もともとは渡来系軍事貴族の家柄です。

細人は厩戸皇子が特に目をかけた人物だけに、よくその任を果たしました。彼の技は「細《さい》作《さく》」と呼ばれ、後世、近江甲賀（滋賀県南部）地域に広まった忍びの術も細人が元祖である、とされています。

細人の技はその名が示す通り、狭い場所にするりと潜り込んで聞き耳を立てたり、身軽に長距離を走って情報を伝えるといった程度のことだったようですが、洗練された異国の潜入術を知らない飛鳥時代の人々にとって、それは驚威的なものだったようです。

聖徳太子伝説の中にも、舎人《とねり》（下僕）調子丸《ちょうしまる》という者が出てきます。太子の愛馬甲斐《かい》の黒《くろ》駒《こま》の馬飼い役として、太子とともに飛鳥を出て、一晩で富士山を巡り戻ったという駿足の怪人です。また、太子が一度に十人の訴えを聞いて内容を理解したという話も有名ですが、これらはよく考えてみると、皇子が志能便らを用いて国内各地の情報を集めていたことを示す例え話と見るべきなのかもしれません。

皇子が召し使った工作員は、大伴細人や調子丸だけではありませんでした。当時、山背《やませ》国と呼ばれた山城国に勢力を張る渡来人秦《はた》氏の長《おさ》、秦河勝《かわかつ》もその一人とされています。

河勝は生没年不明。第二十九代欽明《きんめい》天皇の代から第三十三代の女帝、推古天皇まで五代にわたって仕え、六〇三年、葛野《かどの》の太秦に蜂岡寺《ほうこうじ》（後の広隆寺）を建てました。

この人には生涯、数々の不思議な伝承が付いてまわります。

欽明帝が即位してしばらく経った頃、大和国（奈良県）を流れる初瀬《はつせ》川が増水し、上流から種々の品が流れてきました。朝廷に仕える某《なにがし》が三輪《みわ》山の麓で見ていると、流れ寄る一個の壺が目に留まります。中を覗いてみると可愛らしい赤ン坊が眠っていました。時の欽明帝にこれを報告したその晩、帝の枕元にその子が立ち、

「吾《あ》（私）は秦始皇帝《しんのしこうてい》の生まれ変わりである。この国に縁あり、生まれてきた」

驚いた帝は赤子を召して宮中で育てることにしました。成長したその子は頭脳優れ、十五歳にして大臣。始皇帝にちなんで秦《はた》の姓を賜わり、初瀬の河から救いあげられたことで名も河勝になったというのです。

河勝はやがて、帰化人を統率してその長者となり、織物と酒造りで巨大な富を築きます。厩戸皇子は彼を信頼して仏の尊像を与え、蜂岡寺を建立させましたが、河勝はまた芸能にも造詣が深く、祭礼の時は「六十六番の物真似」を一族に演じさせ、申楽《さるがく》（後世の能）の祖になったといいます。

さらには、自ら進んで皇子のために工作員として活躍しました。

秦一族の者は、この情報活動を「斥候《うかみ》」と呼びました。これは「伺見《うかみ》（うかがい見る・偵察物見）」から来た言葉です。伝承によれば、河勝は長者となった後も、自ら進んでこの役を引き受けています。今風に言うのなら「大富豪情報員」といったところでしょうか。

厩戸皇子は推古天皇の三十年（六二二）に没し（一説には毒死）ますが、それから二十二年後、皇極帝の三年（六四四）。東国駿河で不気味な新興宗教が流行ります。

富士川の流域に住む大生部《おおうべ》の多《おお》という一宗教家が、「常世《とこよ》の神」を祀れば富と長寿を得ると称して信者を増やしたのです。『皇極紀《こうぎょくき》』他の資料によれば、その「神」は緑の地に黒の斑点があり長さ四寸足らず。ミカンや山椒の木に宿り、形は蚕《かいこ》に似てカイコにあらずとあります。おそらくアゲハチョウの幼虫でしょう。

現世の利益を得ようとする信者は、財産をその虫に捧げて遊び暮らし、田畑荒れて餓死する者後を絶たず、という有様でした。

時はまさに大化の改新が始まろうとする頃です。このような邪教は撲滅せねばなりません。河勝は老齢ながら駿河に赴き、教祖や巫女を捕らえて打ちこらしめた、と記録されています。

これは少し妙な話です。欽明帝の頃（在位？—五七一）から皇極帝の時代（在位六四二—六四五）まで生きた人といえば、少なく見積もっても九十歳近い、当時としては驚異的な年齢です。それが老体を押して工作員になるなど、まず有り得るはずがなく、実体は同名河勝を名乗る孫や曾孫のような者が、駿河に向かったのでしょう。

河勝たち秦氏の者が「常世の虫」教に敵意を抱いたのは、彼らの家が代々伝える養蚕機織りの技にありました。蚕は財産を増やす秦氏の神でしたから、その似て非なる、何の役にも立たぬアゲハチョウを崇拝する宗教は、敵なのです。

邪教を滅した後の河勝は、現世に何の未練もなくなります。初期の仏教徒であった彼は、西方に往生することを願い、うつぼ船に乗りました。これは窓も出入口も無くした、完全密閉式の「死者の船」です。

難波の浦（大阪府岸辺）から瀬戸内海に船は流れ出ました。が、播磨坂越《はりまさこし》（兵庫県赤穂市坂越）の浦に打ち上げられます。

浦の漁師たちが船を開けてみると、中にあったのは人に似て人にあらず。化人《けにん》でした。河勝は、船中で妖怪のようなものに変身してしまったのでしょう。

浦人は訝《いぶか》しみますが、試しに幾つか質問してみると、ことごとく正しい事を答えます。

「これは神に違いない」

と人々は彼を陸に上げて大荒《おおさけ》大明神と名付けて崇めた、と室町時代の『花伝書』には書かれています。

河勝はこのようにして同地に祀られましたが、後に彼が建立した広隆寺にも同神社は合祀《ごうし》され、大避《おおさけ》神社（大闢《おおさけ》神社）と称しました。この闢《さけ》というあまり見慣れない文字は、ヘキ、ビャク、ひらくなどとも読みます。これに大の字を付けると、中国語の聖書では「ダビデ」の意味を持ちます。紀元前九九七年から三十一年間、イスラエルを統一し、その最盛期を作った名高い王の名です。

もともと秦氏には、ユダヤ人起源説のようなものが幾つかありました。広隆寺の大闢神社（太秦明神とも言います）の境内には「伊佐羅井《いさらい》」という井戸があり、研究者の一部は、これこそイスラエルの国名を付けたものと主張しています。

河勝の出現伝説にしても、おかしげです。川に浮かぶ壺の中の赤子を高貴な人が見つけるという物語は、ナイル河に流れる籠に入った赤子をエジプトの王族の姫が拾いあげ、それが後にユダヤの予言者モーゼになる、という話にそっくりです。

まだあります。河勝と親しかった厩戸皇子——聖徳太子の生誕伝説も気になります。『太子伝』によれば、その母間人后《はしうどのみさき》は突然現れた「金色に輝く沙門《さもん》（天使？）」のお告げを受けます。

「やがて厩の下にいたらせ給う。たちまち此地《そのち》において産《さん》の気《き》つきたもう」（『太子伝』）

侍女とともに宮中を歩きまわっていた間人后は、とある馬小屋の戸に腹部が当たってにわかに産気づいた、といいます。厩戸皇子の名は、ここから来ているのですが、それは紀元元年、ベツレヘムの馬小屋で生まれるキリストの物語によく似ています。

調べていけば、河勝や太子の物語にはまだまだ注目すべきものが多くあるのですが、この辺で止めておきましょう。

渡来系の人々の用いた国際的な不思議技については、芸能や幻術の項で触れていますから、そちらを御参照下さい。

二、内戦と山岳宗教

飛鳥時代の日本で最大の事件は六四五年、中大兄皇子《なかのおおえのおうじ》と中臣鎌足《なかとみのかまたり》による乙巳《いっし》の変《へん》と、それに続く大化の改新でしょう。

古代の朝廷を牛耳り、権力をほしいままにしていた蘇我入鹿《そがのいるか》を、皇極天皇の目前で殺害した中大兄皇子は、特定の氏族による政治の独占を廃し、中央集権政治を押し進めます。

それまで有力部族の私兵に近かった倭国軍も、朝廷の指揮のもとで再編成されました。

六六二年。中大兄皇子は、古くから交流関係にある朝鮮半島南部の百済《くだら》に唐・新羅《しらぎ》の連合軍が迫ると、その援助を決定します。

水陸の兵が半島に押し渡り、緒戦は勝利しました。しかし、六六三年八月。唐の水軍と半島西南部白村江《はくすきのえ》で戦った倭の水軍は、大敗北を喫します。

同時に百済も滅亡し、倭国は侵攻してくるであろう唐・新羅軍に対処せねばならなくなりました。

窮地に陥った朝廷は、東国の防兵《さきもり》を、北部九州から山陽・山陰地方一帯に配置します。

この時、中大兄皇子は、敵襲を知らせる烽火《のろし》と海岸監視の制度を定め、また急報を伝える飛脚を配置しました。

これは敵であった唐の軍制を参考にしたものでした。見晴らしの良い場所を選んで原則十五キロごとに一基の烽火台を立て、急使は足腰が丈夫で斥候《うかみ》に長けた者が、リレー式に情報を伝えます。これも忍者の原型と見て良いでしょう。

烽火は、昼であれば煙、夜の場合は火によって識別しました。こうした火や煙は狼の糞や硫黄《いおう》などを混ぜることによって発火を良くし、その色で通信の種類を変えることもできたということです。

唐・新羅の軍が侵攻することはついにありませんでしたが、その間も国内では政変と小規模な軍事衝突が続きます。

白村江の敗戦から数えて九年目の、六七二年夏。天智天皇（中大兄皇子改め）の死去にともなう皇位継承の争いが、内乱に発展しました。

近畿地方で約一ヶ月ほど続いたこの争いは、天智帝の弟大海人皇子《おおあまのおおじ》（後の天武天皇）が勝利しますが、この戦いでは「忍者史」において見るべきものも多くありました。

初め大海人皇子は、僅かな手勢とともに大和吉野の拠点を出て伊賀《いが》（三重県西部）に抜け、甲賀・伊勢の国境いで最初の兵を集めます。これらは山岳戦闘に強い狩猟民や杣人《そまびと》（山材伐採人）でした。

この後、大海人の軍は尾張に出て数万に膨れあがります。その兵士たちの中にも異能の者が混じっていました。

中でも多胡弥《たこや》という兵士は敵の後方に潜入して情報を得るばかりか、武器兵糧倉に火をかける活躍を見せます。田辺小隅《たなべのおくま》という騎馬兵は、馬の口に枚《ばい》（棒状の嘶《いなな》き止め）を含ませて、無音のうちに夜襲を行なった、と記録されています。

壬申の年六月に始まった戦いは、同年七月後半に入って大海人皇子の勝利となり、飛鳥宮に入った皇子は、翌年二月に即位して天武天皇となりました。

六世紀前半に伝わった仏教が、この頃から少しずつ民間にも広がり、深山信仰（山岳修行）とミックスされていきます。

それは山中の気を吸って呪文を唱えれば、神通力を得るというもので、こういう信仰の形は、日本独特の自然崇拝と大陸の仙人術が混ざり合ったものでした。

その修行者の代表的な人物として「役小角《えんのおづぬ》」という人がいます。いや、彼は、生きている頃から神の扱いを受けていました。

大化の改新の九年ほど前、大和国葛城《かつらぎ》山の麓に生まれた小角は、仏教を学んだ後で山に入り、三十年ほど独自の修行を重ねました。

その間、毒蛇を食らって一切の諸毒を除くという天竺（インド）の孔雀《くじゃく》を神格化した、孔雀明王を信奉します。また山中で感得（悟り知ること）した一面三目の蔵王権現《ざおうごんげん》を本尊として、空中飛行の術さえ手に入れたとされています。

これは高度な自己催眠による暗示なのでしょうが、小角は実際に日本各地の山岳地帯を飛ぶように駆け抜けては、人々の尊敬を集めました。彼が行なった暗示法――孔雀明王の法――は、「印相は二手を外縛《がいばく》し、二親指、二小指をそれぞれ立てて合する。となえる真言は、〈マユキラテイ、ソワカ〉という。そしてこれが、忍者たちが組む印相、呪文の祖型である」（戸部新十郎「忍術の源を追跡する」『歴史と人物』昭和五十七年四月号）

というものでした。印相は、修行者が悟りの心や神仏への願いなどを手の形で表すものです。実際に古代インドでは、この孔雀明王の印も、指を鳥の頭や羽根の形に似せてハタハタと動かしたそうです。

こうした印相が、後に我々も良く知る忍者の隠形印《おんぎょういん》。身体の前で指を組むあの見慣れた姿に進化していきます。

指を組み合わせただけで姿が消えるなど有り得ぬことと現代人は笑いますが、忍者たちは印を組み、強い自己暗示によって意識の方を変えたのです。呼吸どころか心脈数も低下させ、人間の気配を完全に消すことによって、付近の岩や草木と同化したのです。

これが「消える」ということなのでした。呪文や印相は、決して愚かな迷信の産物ではありません。通常の人間が持つ心理的・生理的限界点を超えるための、言うなれば「リミッター外し」だったと考えられています。

こうした暗示法は、形を変えて現代のスポーツ心理学にも取り入れられ、オリンピック選手のメンタル・トレーニングにも応用されています。

役小角は、しかし宗教家として少々やり過ぎました。

彼はある日、吉野金峯山《きんぷせん》から葛城山に橋を架けようと企みます。現在の奈良県中央部から和歌山県と大阪府の境までという壮大な計画ですが、まあ、これは伝説です。有り様《よう》は、修行者が用いる山中の道を整備しようとしたのでしょう。

小角は諸国に散らばる「鬼や地付きの神」（在地の古代民族）を工事に駆り出しました。その中には葛城山の「山神」がいます。小角の家は父の代までこの山神に仕える呪術師だったといいますから、その頃は勢力が逆転していたのでしょう。

山神とその一党は、見た目が醜くかったため、人目を避けて夜だけ工事を手伝いたいと申し出ます。しかし、小角は許しません。

山神は都の帝に直訴しました。小角の弟子で、術を伝授されぬことに恨みを抱いていた韓国連広足《からくにのむらじ》という者も、この時とばかり、

「小角は、山に諸神諸鬼を集めて、天下を傾けようとしております」

と、讒訴《ざんそ》します。

時の文武天皇は驚き、小角を伊豆に流しました。しかし『今昔物語』『富士霊験記』などの古書によると小角は、昼は何事もなく伊豆で過ごし、夜になると海を飛んで遠く富士や箱根の山を巡った、とされます。これも誇張に過ぎませんが、小角の技を恐れた朝廷は、彼を死罪にしようとします。しかし、その前に小角は自分の母を連れて異国に去った、と伝えられます。

小角が姿を消した後の我が国には、山岳宗教をもとにする「仙術」が残りました。山で精神統一や早駆けの術を会得した修行者の多くは、否応も無く権力者たちによって便利遣いされていくことになります。

三、奈良・平安の忍び

「におうがごとく今盛りなり」

と謡われた奈良時代ですが、意外に政争や内乱の続いた時代でもありました。

大化の改新以後、力を得た藤原氏、それと競い合う他の氏族、そして仏教寺院との三ツ巴の権力闘争が激化したのです。

七一〇年、平城京（奈良）に都が遷都して以後の、貴族の反乱だけを取ってみても、
長屋王の変（神亀六年・七二九）

橘《たちばな》奈良麻呂の乱（天平勝宝九年・七五七）

藤原仲麻呂の乱（天平宝字八年・七六四）

ここに東北の蝦夷《えみし》の反乱、飢饉や疫病の発生で流浪する農民の群盗化が重なります。とてものこと、「奈良の都に咲く花の」などと浮かれ暮らすわけにはいかなかったのです。

特に朝廷を悩ましたのは、政治に強く介入してくる僧侶たちでした。

藤原仲麻呂の乱を例にとりましょう。仲麻呂は光明・孝謙《こうけん》両帝に信頼を受け、娘の婿《むこ》が淳《じゅん》仁《にん》天皇になると、恵美押勝《えみのおしかつ》の名を賜って、太政大臣に進みました。しかし、上皇となった孝謙女帝が僧の弓削道鏡《ゆげのどうきょう》を重用し始めると、これを除こうと反乱を決意します。

しかし、この企みはすぐに孝謙上皇の知るところとなりました。彼女は仲麻呂が頼みとする淳仁天皇のもとにあった鈴印を急ぎ押さえます。

鈴印は、兵を集め、関を閉ざす重要なアイテムでした。朝廷に何事かあると、使者がこの鈴を鳴らし「固関《こかん》・固関」関を固めよ、と叫びながら、各地の関所に走るのが慣わしでした。同時に、上皇の命を受けた東大寺では、正倉院にあった武具を内裏に運びます。今では古美術品の宝庫とされる正倉院も、当時は古代の太刀や甲冑を収める武器庫でした。

作戦に失敗した仲麻呂は、近江（滋賀県）で兵を集めることが出来ず、北の越前に逃げようとします。しかし、追討軍と関所に阻まれて約一ヶ月後、斬首されました。

この時の追討軍の指揮官は、遣唐使として名高い吉備真備《きびのまきび》です。真備はこの時、造《ぞう》東大寺長官でしたが、学者なだけに唐の兵書も多く学んでおり、彼の率いた軍は大陸型の組織でした。

上皇側が、反乱を予見し、関所を閉ざす鈴印をいち早く押さえることに成功したのも、吉備や東大寺に召し使われる下級の僧や下僕の活躍によって、でしょう。

彼らは、官道を行く早馬よりも早く山道を走り、各地の関所に急を伝えました。また、仲麻呂の従者に混じって、その動きを絶えず都に伝えたのです。

朝廷の軍隊が斥候《うかみ》を常備するのは、これ以後のことでした。しかし、初期蝦夷の反乱に対して彼らが活躍した、という話はあまり伝わっていません。

流石の斥候も、言語や風習の全く異なる蝦夷の中に潜入して、内情を探ることは難しかったのでしょう。

延暦十三年（七九四）桓武《かんむ》天皇は、山背国桂川の東に広がる盆地に都を移し、平安京と名付けました。

「ここは山川がうるわしく、四方を神が守る好い土地である」

天皇は新都に期待を込めてこう言いましたが、それには理由がありました。

長く続いた平城京は古い貴族や大寺院が既得特権を持つ、桓武帝にとっては不自由な都でした。またその後に都と定めた藤原京は水はけが悪く、思いもかけぬ災厄が次々に降りかかる縁起の悪い土地だったのです。

それにひきかえ桂川の流域には、中央の経済を握る秦氏の拠点もあり、物資や人材が集い易いという利点がありました。

また、秦氏は商業利権を守るため裏社会で働く者を多く飼っており、朝廷に何事かあった場合、陰の力となることも期待されたのです。

遷都から十年も経たぬ延暦二十年（八〇一）、武人坂上田村麻呂《さかのうえのたむらまろ》が蝦夷の族長アテルイを捕らえます。これは軍事的勝利というより朝廷軍の運用改革と、蝦夷の内部分裂を促す工作がうまくいった結果でした。

こうした工作には、蝦夷の内情を知る有能な工作員がいなくては成り立ちません。

どうやらその頃になると、和人《わじん》の中にも蝦夷の言語風習に堪能な者が増えていったようです。田村麻呂が征夷大将軍に任じられた直後の延暦十八年（七九九）。陸奥《むつ》国（青森県、宮城県、岩手県、福島県）の弓削部虎麻呂《ゆげべのとらまろ》とその妻が捕らえられて日向国に流されたという記録があります。その罪は蝦夷と同居し、その言葉を話し、しばしば鉄器を売って反乱をそそのかしたというのです。

東北で交易を行なう和人商人の中には、虎麻呂のように現地の人々へ加担する者が現れる反面、その特技を生かして田村麻呂のために軍の先導を務める者もいたようです。

これなどは、十九世紀のアメリカ開拓時代、ネイティブ・アメリカンとの交易人から騎兵隊の偵察員《スカウト》になった人々や、居留地に武器を売る白人商人の話によく似ています。彼らも、広い意味での軍事工作員、間諜と言えましょう。

田村麻呂の勝利以後、朝廷は蝦夷攻めを中止します。東北での反乱はその後も続きますが、和人と蝦夷との交易は規模が大きくなり、それと同時にその利益を巡って、今度は蝦夷同士の争いが激化したのです。

東北の富を求めて、鎮守府将軍や秋田《あきた》城介《じょうのすけ》などの現地官職を下級の軍事貴族が独占し、彼らが争いの火に油を注いだことも見逃せません。

東北の各地に柵《さく》と呼ばれる巨大な防御施設が造られ、これに拠る和人化した蝦夷（これを俘《ふ》囚《しゅう》と呼びます）の争いも始まります。

柵の取り合いには、防御の弱点を探る間諜の働きが欠かせません。軍事貴族たちは、それぞれが飼っていた伴類《ばんるい》・下人と呼ばれる庶民を専門の工作員に仕立てます。この伴類・下人が、初期「武士」に仕える下級戦闘員となっていくのです。

四、武士の発生と忍び

九世紀の末頃から国の基本であった律令制度が崩壊し始めました。地方では土地を開発した土豪たちが、国家の土地支配組織である在庁から、自らの立場を守るため、有力貴族や大寺院の庇護を求めました。中央の有力者に、土地のあがりの何割かを納め、自分は管理人の立場となって経営を進めようとしたのです。

これが荘園と呼ばれる私有地の発生でした。私有地の増加で律令制が崩壊すると、国有地の耕作者を規準とする徴兵制も立ち行かなくなり、やがて軍法令も廃止されます。代わって「健児《こんでい》」と称する人々が、軍事を担い始めました。

健児の制は、地方の有力者子弟を選出し、馬の飼料や諸税の免除を行なって、異変に備えさせるものです。

健児には、それまで国家が管理し、個人の所有を禁止していた武具も手元に置くことが許されます。また、彼らが召し使う従者の賄《まかない》料も支給されました。

かつて社会科の教科書では、

「土地を守るため、自然発生的に武力を持った農民が、武士になった」などと書かれていましたが、現在では、軍事貴族や寺社によって育てられたもの、あるいはその貴族自身が初期の「武士」である、とされています。ある学者は、「ピストルを持っているからと言って強盗や警官と言えないように、武装したからという理由で武士というのは非常におかしい。武力を認められて都に上り、ある程度の資格を得たものだけが」

武士である、と書いています。

たしかに、大寺院の利権を守るために武装した大衆《だいしゅ》（僧兵）や、寺院領の経営者（寄人《よりうど》）はどんなに豪華な鎧をまとっていても武士ではありません。「弓箭之輩《きゅうせんのやから》」（弓矢を持つ狂暴な奴ら）という扱いでした。

こうした「武装民」のために働く間諜にも、様々な階層の者が現れます。

従来の杣人や山岳修験者と並んで、放浪する芸人、馬飼い、土地を離れた農民、行商人、鍛冶師、盗賊などがその任につきました。

律令制の崩れは、土地に縛られていた下層民にも、移動と職業の変化をもたらしたのです。

彼らは食を得るため、その手技に磨きをかけていきました。

平安中期、ヨーロッパでバイキングが荒れ狂い、朝鮮半島では新羅に代わって高麗が統一を完成した頃。

都から遠く離れた関東地方で、突然兵乱が起こります。

柏原《かしわばら》天皇の子孫、高望王《たかもちおう》の孫にあたる相馬小二郎こと平将門が、叔父国香《くにか》を討って北関東一帯を占領。下総猿島《さしま》（茨城県猿島郡）に宮を建てて、自らを新皇と称したのです。

天平宝字八年（七六四）、恵美押勝の乱から数えて約百七十年後に起こったこの大乱に、都の人々は動揺します。さらに、乱の最中、西国瀬戸内海でも藤原純友《すみとも》が武装蜂起し、朝廷はその対策に追われました。

これを承平天慶《じょうへいてんぎょう》の乱と言います。

将門は天慶三年（九四〇）三月、平貞盛《さだもり》・藤原秀郷《ひでさと》に討たれ、純友も天慶四年（九四一）伊予国（愛媛県）に逃れる途中で捕らえられ獄死しました。

このふたつの戦いで注目されるのは、双方が放ちあった間者（間諜）の働きです。将門は国府の軍が出動するとその隙を突いて進み、一方彼を追討しようとする軍は、将門の信頼する従者子春丸《こはるまる》という者を内通させて将門暗殺を謀りますが、失敗します。

また天慶二年（九三九）常陸国（茨城県）を襲った将門は多くの間者を放って国府の軍を欺き、三倍の敵を破って資財を略奪しました。

翌年二月、追討軍は常陸国に入り、戦を仕掛けます。旧暦二月はちょうど農繁期です。農民主体の将門軍は春の耕作のため、多くの兵士を農地に戻し、手勢八千が僅か四百人ほどに減っていました。

追討軍がこの時期を決戦に定めたのは、将門側の弱点が農繁期にあることを知っていたからです。

一説に、将門の間者となった者らは関東を放浪する傀儡子《くぐつ》たちで、片や追討軍の情報網は、朝敵調伏を行なう寺社の山伏が主体であった、といいます。

芸人の傀儡子と違って、山伏には暦や農耕の知識があったのです。

将門討ち死にの後、各地の下層民に、朝廷何するものぞ、という気分がみなぎります。乱の七年後には都の中にも群盗が横行。御所の清涼殿ばかりか、警備本部の右近衛府にまでも集団で押し入る騒ぎが起こり貴族たちを震えあがらせます。

同じ頃、都に近い伊賀国（三重県西部）でも蜂起した武将がいました。

正確な年はわかりませんが、村上天皇の御時（在位九四六―九六七）、藤原千方《ちかた》という者が土地の山民・修験者を集めて、朝廷に叛旗をひるがえしたという言い伝えが残っています。

『小宰記』という記録にも、

「（千方は）は正二位仰望《ぎょうぼう》せしにその甲斐なくて、日吉の神輿《しんよ》を取り奉って、当国（伊賀）霧生《きりゅう》の郷へ籠居《ろうきょ》す」

とあります。何らかの働きがあって千方は、その報いに正二位の官位を望みましたが、朝廷はこれを許しません。怒った千方は、延暦寺に連なる近江日吉明神の神輿を奪い、伊賀の山中に立て籠もりました。国家鎮護の印である神輿を奪ったのは、呪詛が目的でしょう。

朝廷は紀朝雄《ともお》という武将に千方の討伐を命じます。これに対して、伊賀の山伏たちは千方に付いて戦いました。

「陪従《はいじゅ》（千方に従う）法師四人、山注記《さんちゅうき》・三河坊・兵庫竪者《りっしゃ》・筑紫《ちくし》坊という者らの力、大木を倒し、勢い巌石《がんせき》を破るゆえに、官軍多く討たれて負《ま》くべかりしを」（『小宰記』）

中でも僧形の者が四人、木や石を落として討伐軍を散々に打ち破ったのです。

「流石は、壬申の乱で大海人皇子のために妖異の技を使った伊賀の者ども。何としたことか」

紀朝雄は、嘆息したということです。

この話は室町時代の軍記物『太平記』にも僅かに形を変えて書かれています。

こちらでは、千方が近江と伊賀の境鈴鹿《すずか》峠を、四匹の鬼とともに塞いだ、とあり「鬼」は金鬼・風鬼・水鬼・隠形《おんぎょう》鬼と名付けられています。

金鬼は鉄《くろがね》の身体を持ち、風鬼は呪文によって風を呼び、水鬼は水で敵を流し、隠形鬼は姿が見えぬというもいずれも厄介な連中です。その内実は、造りの良い鎧をまとい、気象天候を読む術に長け、山中での擬装がうまい人々だったのでしょう。

紀朝雄は、力押しではかなわぬと悟り、四鬼の心の弱さを狙いました。即ち、和歌を詠んだのです。

草も木もわが大君《おおきみ》の国なれば
いずれか鬼の栖《すみか》なるべし

我が国は、生きとし生けるもの全てが天皇の治めるところ。どこに鬼の生きる場所があるだろうか、という王権を強調する、さしておもしろくもない歌です。

しかし、鬼といってもこの四鬼はいじらしいもので、歌を聞くなり畏《おそ》れ入り、千方のもとから逃散してしまいました。

頼りとする鬼たちに逃げられた千方は、絶望します。『小宰記』にはその最後を、「中臣祓《なかとみのはらい》を朝雄誦《ず》し、神功《じんぐう》ならびなかりしにや、ついに千方、柳の下にくびり果てにき」中臣氏（藤原氏）の読むという祝詞《のりと》を朝雄が唱えると、絶望した千方は柳の木に首を吊って果てた、と書かれています。

千方が立て籠もった場所は、現在の三重県名賀郡青山町にある洞穴といいます。地元では千方将軍と呼ばれて存外に人気があり、今も毎年四月二十九日には祭礼が営まれるということです。

京や南都（奈良）の人々はこの時代、伊賀の里（一部甲賀も含めて）を「隠国《こもりく》」と呼び慣わしていました。これはもともと、大和国桜井の初瀬川あたりを指す優雅な呼称でしたが、いつしか山深く、少し謎めいた人々が暮らす土地を指すようになっていきます。

たしかに、伊賀国は都から遠く離れたイメージです。しかし、山中の道が発達して、伊勢にも近江にも抜け易く、中央の情報が即座に伝わる場所でした。

伊賀と都の親密な関係を示す物語に、「花垣の里」伝説があります。

現在の三重県上野市の南西部。ここには平安時代、予野《よの》庄と呼ばれる小さな荘園がありました。『古今著聞集』によれば、寛弘五年（一〇〇八）、時の一条天皇は、皇后の気鬱を散じるため奈良興福寺にあった、当時名高い八重桜を京に移そうとします。驚いた僧たちは、「名代《なだい》の桜である。御所の御命令でもこれだけは承諾できぬ」と争う構えを見せました。

一条天皇は、花を大事に思う僧たちのゆかしさと自分の我儘を思い返し、詫びの印に伊賀予野庄を興福寺に与えると、八重桜にも「吾桜《よのさくら》」と名付けます。

興福寺の僧たちは、帝の御心をそこまで煩わしたことに恐縮します。急ぎ吾桜を掘り取って、花車に乗せ、京に運びました。この時、名残にと吾桜の小枝を接ぎ木し、予野庄に植えたところ桜は見事に根付きます。

以来興福寺では、花の季節に七日間の花守りをする慣わしとなりましたが、後に京の近衛府から予野へ人が派遣されてこの役を担います。百人一首にある伊勢大輔《いせのおおすけ》が詠んだ歌、

いにしえの奈良の都の八重桜
きょう九重《ここのえ》に匂いぬるかな

この八重桜は、御所に移された吾桜のことです。以来、予野の一帯は花垣の里と呼ばれましたが、おもしろいことに、この里が後に千賀地《ちがち》（知賀地）と呼ばれ、忍者の頭領として名高い服部《はっとり》氏の本拠となります。

この服部氏の先祖霊が合祀《ごうし》されている伊賀国一ノ宮敢国《あえくに》神社には、甲賀・伊賀の忍者の始祖と称する甲賀三郎が祀られています。

伊賀の国の騒乱を記した、その名も『伊乱記』（菊岡如元《きくおかじょげん》）という本には朱雀天皇の頃（在

位九三〇―九四六）に、甲賀（別姓・望月）三郎兼家《かねいえ》という者が、信州諏訪《すわ》（長野県諏訪市）から甲賀郡司として入り、近江国南部と伊賀国北部を賜わって、やがて伊賀の国司となり、忍びの技を国中の士に伝えたとあります。

ところが、朝廷の官職記録のどこを探しても三郎の名は見出せず、モデルとなった貴族も見あたりません。

この甲賀三郎という人は、甲賀・伊賀の他にも信州や丹波・若狭（京都府北部から福井県西部）にかけてその伝説が残っていますが、いずれも奇怪なものです。

日本の神祇《じんぎ》伝承を記した『神道集』には、次のように書かれています。

「近江甲賀の地頭となった望月の三郎諏方《よりかた》（兼家）が、兄の太郎、次兄の二郎と近江伊吹山に狩をした時、三郎の妻春日《かすが》姫が何処かに姿を消した。三郎は二人の兄とともに妻を探して日本国中を巡ったが、前々から三郎の出世を嫉んでいた兄たちの策略で、信州蓼科《たてしな》の人穴に落とされる。三郎は運命の命ずるままに七十二の地底国をまわるが、その試練の過程で巨大な蛇身となり、浅間岳の穴から地上に出、妻と再会して諏訪明神となった」

つまり、信州諏訪湖畔の大明神と三郎は、同体であるというのです。

こうした伝承は同様のものが幾つかあり、最も名高いものは、兄たちに嫉妬されて生死の境をさまよう大国主命《おおくにぬしのみこと》伝説。また、大和族との争いに破れて出雲を逃れ、蛇体となって諏訪に示現《じげん》した建御名方《たけみなかた》の神に酷似しています。

甲賀三郎は実在というより、信州系の山岳修験者が遠く伊賀の山民に伝えた英雄物語の主人公だったのでしょう。

しかし、平安期の伊賀人《びと》は皆、戦国期に諸国の人々が恐れ嫌ったすれっからしの悪党とはほど遠い、純な心根の持ち主でした。彼らは他国の人に出会うと、

「我らは悲劇の神、甲賀三郎の子孫なり」

と唱えたのです。それが、隠国伊賀で暮らす人々の誇りとなり、コンプレックスをはね返す力にもなっていったのでしょう。

五、伊賀の武装と服部氏

「忍者」という言葉がまだ存在しない時代。

地下《じげ》、民草《たみくさ》と呼ばれたごく普通の人々が、一体どのようにして不正規戦闘の達人に育っていったのか、という問題をもう少し考えてみたいと思います。

例として一番わかり易いのが、やはり伊賀国でしょう。

ここには古く国家鎮護のために建てられた、大仏でおなじみ東大寺の寺領がありました。こ

れは初め「板蝿杣山《いたばえのそまやま》」と呼ばれ、天皇によって与えられた所領です。米穀や材木を供給し、寺を維持するのが目的でした。

承平天慶の乱終息後、東大寺別当職（長官）は、急速な寺領の収入増加を企みます。具体策として、板蝿杣山周辺の大規模な開墾を行なおうとしたのです。

土地を開墾するには人手が必要です。良くしたものでその頃、疫病や過酷な税の取り立てに苦しみ、国衙領《こくがりょう》（国有地）から逃亡した農民たちが周辺を流浪していました。同様に、山伝いに他国から入り込む杣人や彼らと行動を共にする、鍛冶師の集団も目立ちました。寺領側では、それらを保護すると称して取り込み、農具ばかりか武具も与えたのです。

伊賀には、他の寺領（興福寺領）も存在しています。所領を広げていけば、当然それらとの衝突が起きる危険がありました。

西暦一〇〇〇年頃、伊賀のみならず、各地の開墾地争論は激しさを増し、朝廷は何度も私領である荘園の整理令を発しますが、焼け石に水でした。朝廷を牛耳る藤原氏そのものに荘園が集中していたからです。

東大寺以外の各寺領も、収入と武力の増大で自信をつけ、他寺領と争いを始めました。

長元元年（一〇二八）には興福寺と延暦寺の僧兵が合戦し、その九年後、興福寺の僧兵たちは東大寺の東南院を破壊します。

これに危機感を抱いた東大寺別当職は、寺領の農民のみならず、各種の浮浪民にも高度な戦闘に耐えられるよう再訓練を施しました。中でも山の戦いに強い杣人には、弓矢の達人を揃えます。

宇治平等院に鳳凰堂が建立された天喜元年（一〇五三）。強兵策の成果は発揮されました。伊賀大和の国境いにある東大寺領（黒田荘）と国衙領がついに衝突したのです。東大寺領に侵入した国司の官兵たちを、浮浪民あがりの兵たちは散々に振りまわし、追い払うことに成功しました。

面子《めんつ》をつぶされた国司は次の年、大軍を催して黒田荘を占領します。しかし数年後、東大寺側の訴えが朝廷に認められて伊賀黒田荘は、国の租税と国衙領の役人立入り禁止――これを不《ふ》輸《ゆ》不《ふ》入《にゅう》と言います――の権利を勝ち取ります。

以来、この国の住人は己の武芸に自信を持ち、それを代々伝えました。合戦があれば狩武者《かりむしゃ》（借武者・傭い兵）となるばかりか、時には山賊と化し、荘園主である東大寺にも反抗の姿勢を見せ始めるのです。

時代が少し下って院政期に入ると、貴族も皇室も武士の力に頼り始めます。清和天皇の子、貞純親王の血をひく源氏は東国に勢力を築き、桓武天皇の孫高望王の血筋に連なる平維衡《これひら》は、源氏に対抗するため中部地方の伊勢で力を蓄えました。

この維衡の曾孫正盛（平清盛の祖父）という者は、初め山陰の小国隠岐《おき》の国司に過ぎませんでしたが、一族の根拠地伊勢の隣国伊賀に目をつけます。十一世紀の末に同国の荘園を実力で横領した正盛は、時の白河上皇の皇女六条院にこれを寄進し、白河上皇を喜ばせます。

正盛は上皇の覚えめでたく、若狭《わかさ》（福井県）や因幡《いなば》（鳥取県）の国司を歴任し、伊賀国で台頭する武士団も争って彼に名簿《みょうぶ》（配下となる証の系図）を差し出しました。

服部一族もそのひとつです。服部氏は元々はとりべと称しました。

『永閑伊賀名所記』は、この一族についてこう書いています。

「応神天皇の御代に、呉国《ごのくに》よりと漢国《からくに》よりと、緒《お》を縫い、織《おり》などもし、又《また》は糸綿もつみひくものを渡せしに、呉国より渡るを呉服《ごふく》といい、漢より来るを漢服《からふく》と言いけり（中略）。此《この》呉服・漢服のとものみやつこ（所属民）を部《べ》とは申すゆえに、服部《はとりべ》とは言うよし」

要するに織物や衣服生産の帰化人系で、『三国史』にある呉から来た呉服造り、後漢から渡って来た漢服造りに分かれるというのです。

さらに『三国地志』には、

「これよりさき（服部の呼称が一般化する前）、酒ノ君およびその部下の士《し》、（中略）みな服部を称するをもって、諸系生出《せいしゅつ》各別にして、混然として一統の如《ごと》く、みな服部となる。不可不分」

織物以外に酒造りや芸能を日本に伝えた「酒ノ君」とその一党も、なし崩しに服部を名乗ったため、全く区別がつかなくなった、とも書かれています。

これが武士台頭の時代になると、伊賀の服部氏は帰化人系であることを忘れたかのごとく、源氏だ平氏だと称するようになるのです。

『伊水温故《いすいうんご》』という本には、

「服部族は三流あり。漢服部は平内左衛門《へいないざえもん》相続し平氏なり。呉服部は服部六郎時定《ときさだ》相続し源氏なり。敢国服部は一ノ宮神事を勤族《つとめしうから》なり。源氏姓」

とあり、先の『三国地志』の作者などは、これを大いに嘆きました。

「爾来《じらい》各服部を称して（その子孫）その原由《げんゆ》（起源）を審《つまび》らかにせず。概して平内左衛門が子孫にして、平氏の侍より家を起こすというものは、不恩《ふおん》の甚だしきものなり」

自分の由緒を忘れて、多くが平氏を称するのは、先祖の恩を忘れている、と苦々しく書いています。

古墳時代から続く名誉ある一族が、たかだか平安末期に登場した武門の端に連なろうとする姿は、「都鄙《とひ》（都会と田舎）の輩《ともがら》、争って名簿を差し出す」と書く『源平盛衰記』の、平氏繁栄の記述を連想させます。

伊賀の人々はこのように、伊勢からやって来た平氏の出世振りに魅了されたのです。平氏もまた、東大寺領と国衙領の争いで培《つちか》われてきた、伊賀人の武芸に期待しました。先に書いた服部三流のうち平内左衛門の故事がこれを表しています。

「服部平内左衛門家長《いえなが》、武術の名誉多かる故《ゆえ》に（中略）或時《あるとき》清涼殿の弓場殿にて、射《しゃ》の勝劣を試さる。ときに家長、当座の名誉勝《すぐ》れしかば、七十九代六条天皇より、真羽の矢一千、車に積みてこれを賜う。家長の面目、これに過ぎず」（『伊乱記』）

六条天皇の在位は、永万元年（一一六五）から仁安三年（一一六八）の僅か三年ですが、伊勢平氏の総領清盛が太政大臣に昇り、日宋貿易で巨利を得ていた頃です。平内左衛門はその伝手で御所にまかり出、射術の巧みさを誉められたのでした。以来、褒美の矢車を表す矢筈《やはず》車《ぐるま》の家紋を一族の紋とした、とされています。

平内左衛門家長は、平氏一門の中でも独特な地位を築いていました。彼には武術以外にも誇るべきものがあったのです。

それは彼の母親が平氏の六波羅館へ奉公にあがり、清盛の妻の時子が生んだ知盛《とももり》の乳母になっていた、という事実です。

知盛は清盛の四男でしたが、官位を順調に進め、武勇の人でもありました。

家長は年の離れた乳兄弟として、知盛の忠実な配下に納まります。寿永二年（一一八三）七月に平氏が都落ちするときは、知盛の脇を片時も離れず彼を守り続けました。

この人は、忠実で武芸の達人というだけでなく、物の哀れを知る繊細な感情の持ち主でした。

『源平盛衰記』には、次のように書かれています。

源氏の義経が攻め寄せる、と聞いた平氏の武者たちが寄り合いを持った時、中の一人越中次《じ》郎兵衛《ろうびょうえ》という者が進み出て、

「九郎冠者《かじゃ》（義経）とはたわいもない奴よ。面長で背は低く、色は白いが反っ歯《そっぱ》の男だ。居所を知られたくないゆえ、毎日、鎧の色目を変えて着るという。俺が、もし奴に出会ったなら、小脇に挟んで海に飛び込み、殺してやる」

傍らでこれを聞いた家長は、うなずくと思いの外、はらはらと泣き出します。皆が驚いて彼を見ると、

「ああ、世は不思議のことかな」

家長は涙を拭って言いました。

「（義経は）金商人の家来として都を逃れ、奥州に下った哀れな者だ。それが今や源氏の大将として平氏に向かって矢を放つことよ。我らが武運の尽きさせ給うところ。口惜《くちお》しきばかりである」

彼の時節を見抜く目は正しく、その後しばらくして平氏一門は、瀬戸内海の端に追い詰められてしまうのです。

家長の弟に十郎兵衛尉《じゅうろうひょうえのじょう》家員《いえかず》という剽軽《ひょうきん》な男がいました。これも伊賀の伝統で弓の達人でしたが家員は、あの有名な那須与一「扇の的」の話に登場します。寿永四年（一一八五）二月、屋島の戦いで平氏の挑戦を受け、見事に扇を射落とした与一に、敵も味方も喝采する中、近くの船にいた家員は敵ながら天晴と、「感に堪えずして黒糸威鎧に兜をば著《つけ》ず、引立烏帽子《ひきたてえぼし》に長刀を以って、扇の散りたるところにて、（長刀で）水車を廻し、一瞬舞いてぞ立ちにける」（『源平盛衰記』）鎧姿のまま、与一を讃えて舞い踊ったというのです。『平家物語』によると義経は、あれも射て、と与一に命じます。

「与一、また手綱返して、海に打ち入り、今度は征矢《そや》（扇を射たのは鏑矢《かぶらや》）を抜き出し（中略）十郎兵衛家員が首の骨を射させて、真逆に海中へぞ入りにける」（同書）

ひどい話で、与一を褒めた家員は射殺されてしまうのです。これは続く壇ノ浦の海戦で、船を操る水夫は射たぬ、という海の掟を平然と破る義経の残酷さを描く、いわば物語の伏線につながるのですが、こうした弟の死を前にして家長は、一体どう思ったでしょう。

おそらく悲しみが諦めに変わり、平氏滅亡の際はいさぎよい死を望む旨、主人知盛に申し述べたものと思われます。『平家物語』の末尾にも、「乳母子《うばご》伊賀平内左衛門家長を（知盛は）召し、『いかに家長、約束は』とのたまえば、『忘れ候まじ』とて、（家長は知盛に）鎧二領着せ奉る。おのれも鎧二領着て、主《あるじ》と手を取り組みて、一所にぞ入りにける」

その最後は、二人抱き合って海に入ったのです。大鎧の重量は兜を外しても一領約二十七キロ以上ですから、四領では大変な重量になるでしょう。

こうして主人とともに海の藻屑と消えたとされる家長ですが、彼も伊賀の者らしく死を装って壇ノ浦から脱出した、という物語が残されています。

『伊乱記』には、伊賀国に帰ったものの故郷服部の里に戻るわけにいかず、名張川流域の伊賀南西部千賀地――あの花垣の里です――に隠れたとあります。

他の資料にも、家長は保長《やすなが》と名を変えて服部村に戻り、その息子平内兵衛保清《やすきよ》は、「源氏に服従したため服部の里に戻ることを許された。子が三人あり。それぞれ上・中・下の服部郷の主となって伊賀北部を所有した」（『伊賀者大由緒記』）とあり、また『三国地志』には家長が盛景《もりかげ》と名を変え、伊賀中部にその痕跡を残したとも記しています。

どうも伊賀国の人々は、みんな平内家長というキャラクターが好きだったようです。

武芸に巧みで涙もろく、主家に忠実な、つまり武士としての美点を全て備えた人物です。先祖伝説に持ってくるには好ましい人だったのでしょう。先に服部氏には三つの系統があり、家長以外は皆源氏と書きましたが、時代が下るにつれて家長の子孫と称する家は増え、ついには源氏と言いながら先祖は家長である、という奇妙な家も出現しました。

まあ、平氏の登場以前、彼らは秦氏と称する帰化人系でしたから、時に応じて先祖を変えるのも習いである、と皆密かに思っていたのでしょう。

最後に、伊賀国一ノ宮敢国神社の神事を掌《つかさど》る第三の服部氏と神社についても触れておきましょう。

一ノ宮の御祭神は古来いろいろと考察されて来ましたが、『三国地志』には少彦名命《すくなひこなのみこと》と金山《かなやま》比咩《ひめ》と書かれています。

少彦名命は、海からやって来た身体の小さな神で、大国主命と協力して国を運営し、医薬と呪詛の法を広めました。また金山比咩は南宮山明神とも呼ばれ、金属加工の神です。いずれも外来神で、いつの頃からか服部氏の崇敬する神々となっています。

伊賀にはこのような渡来神が多く、帰化人勢力のそれだけ強かったことがうかがえます。

伊賀国二ノ宮、小宮神社も服部氏の社とされ、狭伯《さえき》大明神が祀られていますが、こちらは

『三国地志』に、

「牛頭天王と称する、是《これ》狭伯なりと」

とあります。祇園祭の除疫神として名高い牛頭の荒ぶる神ですが、武塔神とも呼ばれる異国神です。他に秦氏の酒ノ宮、諏訪大明神（甲賀三郎神）もあり、これらはいずれも服部氏の崇拝する神さまでした。

金属神である金山比咩の場合、一ノ宮敢国神社に合祀されたのは、貞元二年（九七七）と記録が残っていますからその頃に、服部氏の主流が、北伊賀一帯を勢力下に収めたということなのでしょう。

この金属神は鉄器、特に農具と武具に関わりがありました。

砂鉄を溶かす蹈鞴《たたら》には必ずこの神を祀るものとされ、服部氏配下の鉄を操る職人集団の存在が想像されます。

後年、伊賀の忍者が用いた独自の武器、鉤《かぎ》・鎖・手裏剣などの製造にも高度な鍛冶の技術が欠かせませんが、そうした知識の積み重ねには、この神の信仰が大きく関わっていたものと思われます。

忍者を研究する人々の多くが注目するのは、この敢国神社で十二月初卯《はつう》の日に催される、通称「くろとう」という祭礼です。

これは古く、祭りの費用がかかるので苦労当《くろうとう》と称し、また参加者が黒装束を着用するので黒党《くろとう》とも言った、と伝えられます。

この黒装束が忍者を連想させるので人々の興味をひいたのでしょうが、これは元来、蹈鞴を操る鉄器製造者の衣装らしく、本場山陰出雲のタタラ人《びと》たちも作業の時は同様な姿をします。『伊乱記』にも、十二月初卯の祭礼には同地花園河原（佐那具《さなぐ》）に旅館（お旅所）を造り神輿《みこし》二柄を移す、とあります。佐那具の地域には鉄器職人が村を作っていたようで、付近からは今も鉄器の残骸が多数出土します。

服部一族は、武具の入手ルートを我がものとした瞬間、周辺を圧倒して豪族となったのかもしれません。

六、伊賀者、伊勢三郎

平安末期、伊賀で名を成したのは、服部系の平内左衛門ばかりではありません。『よしもり百首《ひゃくしゅ》』と呼ばれる忍者の心得を歌った伊勢三郎義盛《よしもり》も、伊賀の出とされています。この人は源義経の家人として源平争乱の時代に活躍した、つまり平氏の敵対者です。『異本義経記』や『吾妻鏡』によれば、伊賀国伊那古《いなこ》村才良《ざいりょう》（三重県伊賀市）の生まれで、通称を「焼石小六《やきいしころく》」。生年は未詳ですが、死んだのは一応、文治二年（一一八六）とされています。では、なぜ「伊賀」ではなく「伊勢」かと言えば、伊勢国福村にも彼の住まいがあったからです。

義盛の父は、夫婦岩で名高い伊勢二見ヶ浦《ふたみがうら》の神官で、かんらい義連《よしつら》と言い、二代にわたって源氏に仕えていましたが、さる事あって上野国松井田（群馬県安中市）に流罪。そこで義盛が生まれたという説もあります。不憫に思った母方の伯父が彼を育てましたが、長ずるにつれて不良化し、二十代の初めには、すでに子分を多数率いるいっぱしの山賊になっていました。

明治の画家小堀鞆音《ともと》の『義経遭伊勢三郎図』には、上野板鼻《いたばな》の義盛館に泊まった義経と彼の対面が描かれています。そこで目立つのは、斧《おの》や薙鎌《ないがま》など異形の武器を手に館を囲む山賊たちの姿です。

義盛にはそれ以前に、伊賀の近く、伊勢・近江の境にある鈴鹿峠でも山立ち（山賊）をしていた、という伝承が残っています。

源平の戦いは鏑矢と詞戦《ことばいくさ》で戦闘を開始しますが、ある戦いで義盛が平氏武者を罵りました。

「やあ、汝は北陸道の戦（木曾合戦）に破れ、物乞いして都に帰った情けない奴よ」

すると平氏の武者も負けずに言い返します。

「そういう汝は、上野国で山立ちして妻子を養った盗賊ではないか」

義盛イコール山賊という噂は、その当時から広まっていたようです。

義経はこの義盛の能力を高くかって、ここぞという時に使いました。寿永三年（一一八四）一ノ谷の合戦では事前に義盛を含む三人の偵察者を放ち、敵の弱点が鵯越《ひよどりご》えにある、と知ったことが『正忍記』に記されています。屋島や壇ノ浦でも高名をたて、ついには平氏の総領宗盛・清宗父子を捕虜として、鎌倉に護送する名誉の役も担います。

義経の家人には得体の知れぬ者が多く、たとえ山賊あがりでも伊勢の神官の子で歌も詠む義盛は、それなりに礼儀を知る者という認識であったのでしょう。

しかし、義経と頼朝の確執によって彼の立場も暗転します。

都を落ちる義経の船が摂津（兵庫県）大物浦《だいもつのうら》で難破した後、主君と別れた義盛は、単身伊勢に帰って山賊稼業を再会します（鈴鹿で山立ちとは、この頃のことかもしれません）が、鎌倉方は油断なく義盛を追い詰めます。ついに国境いで包囲され、自害。その首は京で晒《さら》されたといいます。

が、義経の家臣らしく、この人にも「生存説」が多く残りました。

鳥取県東部の事柄を記録した『因幡誌《いなばし》』には、同国下野には彼が籠もった鉢伏《はちぶせ》という城が残り、地名の下野も義盛が生まれ育った関東をしのんで付けた、とされています。

また、三重県四日市、群馬県安中市、四国徳島県にも供養塔や首塚と称する物があり、その人気の高さがうかがえます。

なお、多くの忍術書に流用されている『よしもり百首』のほとんどは、歌の言いまわしや字句の用い方が平易です。

「しのびには習いの道は多けれど、先《ま》ず第一は人に近づけ」

「しのびには三ツの習い有るぞかし、論と不敵と、さては知略と」

などという歌い様は、どう詠んでも平安末期のものとは思えず、江戸期に作られた川柳に近いもののようです。

七、義経の働き

伊勢三郎が仕えた義経についても触れておきましょう。

義経といえば、京五条の大橋で弁慶を翻弄する牛若丸のイメージですが、江戸期には「義経流」と称する忍びの技術が越前福井松平家に伝えられ、歴とした忍者の元祖として認識されていました。

『義経流忍術伝書』『隠密秘事 忍大意《しのびのだいい》』という秘伝書も現存し、後者の場合、福井藩のお抱えとなった忍者のマニュアルに使われていたようです。

これは江戸初期、因幡国出身の兵法家井原頼文《いはらよりふみ》が書き残したもので、一説には京・鞍馬山に伝わる「鬼一法眼流《きいちほうげんりゅう》」兵法を改編したものとされています。

義経は幼少の頃鞍馬山に稚児として預けられ、天狗から武術を習ったという伝説が知られていますが、実際には山中に潜む源氏の遺臣団や、平家に不満を持つ山岳修験者たちが義経を庇護したようです。

またこの鞍馬山には都の鬼門避けとして、武術の宗家も居を構えていました。その中の一家が鬼一法眼家です。法眼は陰陽師でしたが、軍事研究家を兼ね、家には、『六韜三略《りくとうさんりゃく》』のひとつを秘蔵していました。兵法の極意を記した、俗に虎ノ巻と呼ばれる兵書で、これを積めば遣唐使の船は覆《くつがえ》ると恐れられた禁書です。

それほどのものをどうやって法眼家が伝えていたのか謎ですが、『義経記』には、来たるべき平氏との戦いに備え、兵法の奥義を知りたく思った義経が、法眼の娘に近づいて『六韜三略』を盗み出させた、とあります。

大義のためには手段を選ばぬ義経の性格は、こんなところにも表れているようです。

現在も、標高五七〇メートルの鞍馬山の山中には、鬼一法眼の館跡と伝えられる場所があり、祠と法眼が修行した滝が流れています。

法眼流はまた、刀術の家としても戦国の頃まで長く残り、「京八流」と呼ばれて都の町衆や寺侍の間に伝えられました。慶長年間、宮本武蔵によって滅された（それは歴史上のウソですが）吉岡憲法の吉岡流も、元をたどれば鬼一法眼に行きつきます。

井原頼文は因幡国から出て、一時津《つ》藩藤堂家に仕えた後、京で吉岡流を学び、福井に行ったと伝えられます。

頼文は藤堂家で伊賀流を、京で法眼流を学んで、義経流を考案したのでしょう。

福井藩では幕末まで義経流は伝えられましたが、今日となっては、その全貌はまったくの謎です。

しかし、僅かに残った古文書には、法《ほう》・配《はい》・術《じゅつ》の三つを分け、これを「陰忍《いんにん》」と称したという記述が見えます。義経流は忍術としては古流で、合戦での奇襲や後方攪乱が主ですが、この陰忍術はゲリラ戦の心得として貴重であり、戦前は陸軍の中野学校などでも研究されていたということです。

八、武者の世と「悪党」

源平争乱が収まり、鎌倉に幕府が設立されると、世の中は表面上落ち着きます。

しかし、初期の鎌倉政権下では、頼朝の死後、北条氏の実権掌握と、有力御家人の粛清が始まり、地方でも小規模な合戦が相継ぎました。この当時の戦い方は、「十騎・二十騎なんどの小戦《こいくさ》。夜働き、昼強盗のごとし」(『平戸記《へいこき》』)と、源平時代に比べれば、ひどく小規模なものでした。しかも夜討ち・不意討ちばかりで、必ずと言って良いほど火攻めが伴いました。現在、寺社に奉納された品を例外として、鎌倉時代の武士の生活用品がほとんど残っていないのは、こうした戦闘法によるもの、と書く研究家がいるくらいです。

そんな小規模戦闘に用いられたのが、大いに発達した偵察《うかみ》の術や伏兵戦術です。地方ばかりか武士の都鎌倉でも状況は同じでした。建保元年(一二一三)和田義盛《よしもり》と、幕府を握った北条氏の戦いでは、狭い鎌倉の中にある邸同士が争いました。流鏑馬《やぶさめ》に見るような馬を走らせる戦いは少なく、盾兵と弓兵が細い通りを塞ぎ、築地塀を隔てた隣の屋敷に矢を放つ辻戦《つじいくさ》(市街戦)ばかりです。そこで重宝されたのは、敵の動きを物音で察する聞き耳術や、風向きを読んで火を放つ火術でした。

東国では、忍びの技術が体系化することはありませんでしたが、たび重なる土地争いの小戦で知恵をつけた武士の郎党や下人が、その役を担いました。

特に承久三年(一二二一)、鎌倉幕府が後鳥羽上皇方に勝って京を制圧すると、東国武士の大規模な西国移住が始まります。伊賀や近江で培われた技とはひと味もふた味も違う、泥臭い夜働きの技も西日本一帯に移植されていきました。

鎌倉時代は、輸入銅銭による貨幣経済の発達と、土地相続制度の問題に注目しなければなりません。

銅銭の普及は物流を安定させますが、貨幣に対する安易な依存は、武士たちの生活を圧迫します。

武士の相続制度にも問題がありました。親の土地を複数の子らへ生真面目に分けていく方式では、代を重ねるごとに土地が細分化され、ついには土地の分与もない無足人《むそくにん》という階級を生んでいきます。

こうした武士の困窮に輪をかけたのが、二度にわたる元寇でした。この時代の出陣制度は、武具も兵糧もほぼ自弁です。武功を立てた者は倒した敵の所領を恩賞として、合戦費用の補塡をするのが習わしでしたが、異国の兵士をいくら討っても褒美の土地は手に入りません。

そのうえ、何度もやって来る夷狄《いてき》に備える警護番役まで定められます。武士の借財はますます増え、幕府も借財清算の徳政令を出しますが、効果がありません。それどころか、幕府の中枢を握る北条氏は、これを好機として得宗《とくそう》（嫡流）身内人《みうちびと》（その一族・重代の家人）の所領を拡大することさえしたのです。

この時代までは、女性や子供でも頼朝以来の地所を所有することが辛うじて許されていました。ところが蒙古に対する警護番役が果せないことを理由に、幕府は非力な者の、所領相続不許可の方針を打ち出しました。

借財、相続、北条氏の専横等によって土地を奪われた御家人は流浪するか、土地に残って既得特権を行使し始めます。開拓領主の場合、それなりに旧領からの収入もあったのですが、それも無い者は、険しい山々に隠し砦を築いて、近隣の村を襲い始めます。

これが公《おおやけ》の言うことを聞かぬ者「悪党」でした。

悪党は御家人領ばかりではなく、寺領や貴族領の荘園内でも発生します。

十三世紀に入ると、農業生産の技術が向上し、自作農の地位も上がりました。人力から牛や馬による農耕。荒田《こうでん》（休耕田）に肥料を入れて熟田《じゅくでん》（利用田）にする技も始まります。米の裏作に年貢の対称とならぬ麦を育てれば、そのまま収入につながりました。

日を決めて行なわれる市場では余った農作物が商品として流通し、地方でも町が生まれます。収入の増えた自作農は、荘園領主の言うことを聞かなくなりました。また、政治の混乱は荘園領主である寺社、貴族間の対立を生み、これが自作農の自立をうながすのです。

荘園領主の代理人である荘官や、外部から入ってきた武士団も「悪党」の予備軍でした。

鎌倉時代後期、幕府が荘園支配のため送り込む地頭《じとう》と荘園は、紛争を起こさぬよう土地を折半する——これを下地中分《したじちゅうぶん》と言います——ようになりましたが、この地頭や配下の者が罷免されると、それも悪党化します。

ここでも伊賀国を例にあげましょう。

この国の悪党出現は、二度目の蒙古襲来頃、弘安年間（一二七八—八八）に始まるとされています。


板蝿杣山と呼ばれた荘園を得て以来、この地に居座る東大寺でしたが、その頃から力を失い始めます。

東大寺領の名張郡黒田荘の運営は、土地の有力者大江《おおえ》氏が代行していました。が、自作農たちに立てられ、産物を東大寺に納めなくなります。

大江氏は御家人ではありませんが、時には伊賀の名族服部氏をも凌《しの》ぐ力がありました。

東大寺は僧兵を派遣して彼らを捕らえようとします。しかし、敗退。次に幕府へ訴え出て、京の六波羅探題《ろくはらたんだい》から兵も出させますが、大江氏は相手が強力と見ると身を隠し、また賄賂戦術で探題軍を骨抜きにします。

大江氏一族の巧妙な戦略は、情報収集と伏兵戦術に裏打ちされたものでした。

それはとりもなおさず、伊賀の忍びの戦闘法を応用したものです。

同じ頃、遠く離れた播磨国《はりま》（兵庫県南西部）と備前国《びぜん》（岡山県東南部）の境に近い矢野荘《やの》でも、京の東寺領《とうじ》の荘官で御家人の寺田法念《てらだほうねん》という半僧半武士が悪党化しました。彼は自らを誇って、

「都鄙《とひ》名誉（都でも田舎でも名高い）悪党」

と称し、年貢を横領しましたが、この法念は、荘内の農民たちを土地の鎮守大避神社に集めて団結させました。この大避神社こそ、伊賀服部氏の祖先神、帰化人秦河勝を祀る神社です（本章第一項参照）。忍者研究家の中には、この寺田法念と伊賀の関連に注目する者もいます。

これほど遠距離ではないにしろ、悪党たちは地域で連携して蜂起し、幕府や領主を苦しめました。彼らの連絡には修験者や行商人、職人の集団が活躍したといいます。

卑怯極まり無い待ち伏せや、馬の足も立たない山中の砦に籠もる悪党たちに、鎮圧側の武士はてこずりました。

各地でイタチごっこのような合戦が続く中、鎌倉の北条政権にも陰りが見え始めます。きっかけは、正応六年（一二九三）、鎌倉を襲った大地震でした。混乱の中、幕府の内部争いが始まります。周辺では群盗も出没し、農業生産は低下しました。

関東の混乱は、京の朝廷に政権奪取の淡い期待を抱かせます。

第九十六代後醍醐《ごだいご》天皇にとって、皇室の譲位《じょうい》問題にまで介入する鎌倉幕府を打倒することは、悲願でした。

後醍醐帝は、まず都周辺の商工業者・酒屋を供御人《くごにん》（天皇の食事役）に任じて、金品を上納させます。また寺社に隷属する神人《じにん》たちに「公事停止令《くじちょうじれい》」を発します。本所（荘園領主）への納税から解放し、神人の奉仕を皇室に集中させたのです。

収入と人材を手元に集めた後醍醐帝が、次に行なったのは呪詛でした。

嘉暦元年（一三二六）頃から京の里御所で、皇室中宮の安産祈禱が行なわれましたが、実はこれこそ幕府調伏《ちょうぶく》の儀式でした。後醍醐帝は、大陸の栄学（儒学）を学び、身近に学者を大勢集めていましたが、その裏では象頭人身の大聖歓喜天《だいしょうかんきてん》や、天竺の鬼神荼吉尼天《だきにてん》に祈って魔力を得ようとしていました。この時、帝が目差したものは「魔王」でした。

今上帝《きんじょうてい》（現職の天皇）が祈りの壇に座り、もうもうと立つ煙の中で幕府の要人を呪う姿に、御所の官人官女たちも震えあがります。やがて、その噂は鎌倉に伝わりますが、一部の武士を除いて鎌倉方はこれを黙殺しました。

「鬼や魔を滅するものが武家である。公家の呪詛など、何ほどのことがあろうか」

しかし、時の幕府執権金沢貞顕《さだあき》は、京の出先機関六波羅探題の間諜を御所に潜入させました。

そこでわかったのは、幕府への呪詛が御所ばかりか延暦寺、円城寺、山階寺《やましなでら》、仁和《にんな》寺でも行なわれ、それが「冥道供《めいどうぐ》」と称する極めて強力な呪法であること。御所で時々催される宴会も、奇怪なものであると知るのです。

無礼講と称して酒席では皆が冠を外し、裸に近い格好で、女官にも同様な姿をさせます。酒を浴びるように飲み、御所が引っくり返るような歌や踊りが続きますが、この騒ぎの中で帝は、

「関東の武運は衰えた。朝廷の力は、かくも盛んである。あに敵すべけんや（幕府は我らに勝てまい）。ただちに誅《ちゅう》すべし」

具体的に武装蜂起の計画を語りました。しかし、この秘密の会話は六波羅に筒抜けで、後に無礼講の参加者名簿まで流出します。

さらに六波羅探題は、身内も調査し、天皇側に心を寄せる役人も摘発しました。

おそらくこの時、六波羅側と御所方の間諜団は、熾烈《しれつ》な戦いを繰り広げたものと思われます。

「主上《しゅじょう》（天皇）御謀叛」

の急報が鎌倉に伝えられ、謀《はかりごと》に参加した貴族たちも捕縛されて、企みは潰《つい》えます。

後醍醐帝は、討幕など考えたこともない、と必死に否定して助かりました。

が、それから七年後、帝とその側近は性懲りもなく討幕計画を立ちあげたのです。

折しも飢饉が進行中でした。帝は御所の記録所に命じて米の価格を抑え、都に米市場を建て

ます。これは来たるべき合戦に備え、兵糧米を確保するのが目的でした。

また、配下の神人・山伏らに命じて近隣の武装した商人や野武士に参加を呼びかけます。

後醍醐帝としては珍しく計画的なもので、これは成功するかに見えました。が、この時も、六波羅探題の間諜団がす早く動きます。同年八月、帝は辛うじて都を逃れると、大和の国境い、笠置《かさぎ》山に兵を挙げました。が、後に敗れて捕らわれます。

この笠置山蜂起の直後、後醍醐帝のもとに現れたのが、不世出の軍師と呼ばれた楠木正成でした。

九、忍者の元締め楠木正成

『太平記』によれば、楠木正成の登場は不可思議です。

笠置に逃れた後醍醐天皇が、先の見えぬ不安に疲れきって横になった時、夢を見ました。部屋から庭に敷物が延《の》べられ、その先に大きな木が枝を広げています。根本には御座《ぎょざ》がしつらえられ、童子が二人立っていました。彼らが言うには、

「この天にも地にも暫《しばら》くは、陛下をお匿《かくま》いする場所はございません。ただ、あの木の下にのみ南へ向けた席が設けてございます。暫時、あちらに御座り下さいますように」

目が醒めた帝は、夢占《ゆめうら》をしました。南に向いた木に守られた御座とは、朕《ちん》を守る者こそ木に南、即ち「楠」という者ではないか。ただちに同姓の者を召せ、と帝は命じ、これに応じたのが、河内（大阪府）の武士、楠木多聞兵衛《たもんひょうえ》（正成）であったというのです。

これは伝説ですが、実際には土地の事を良く知る神人や山伏が、後醍醐帝にそれとなく推薦したのでしょう。

正成は召きに応じて帝の前に進み出ると、

「この多聞兵衛一人《いちにん》あれば、万事御心配は御無用でございます」

大見栄を切って帝を安心させて、急ぎ所領に戻り兵を挙げました。

その後の正成は、八面六臂《はちめんろっぴ》の大活躍を見せます。

合戦には何よりも兵糧が大事でした。正成は河内赤坂の館に配下の者どもを呼び集めます。親族の他、日頃交流のある摂津・河内の土豪。そして「言う甲斐もなき凡下《ぼんげ》」と呼ばれる階層の戦士です。それらは、

「博打《ばくうち》、印地《いんじ》（投石する暴力団員）、山伏、鍛冶師の下働き、悪僧、行商人、博労《ばくろう》（馬業者）、呪術師《のろんじ》、逃散した下人、放免《ほうめん》（元受刑者）、猟師、芸人」（『楠木合戦次第』）といった、普通の武士や農民とは違う感覚を持った連中です。

正成の側になぜ、このような者どもが馳せ集まってきたのでしょうか。兵力の不足を傭い兵

で補ったという説もありますが、それだけではありません。近年の研究では、楠木氏は摂河泉三州と呼ばれた現在の大阪府下で物品輸送を牛耳り、辰砂《しんしゃ》や鉛の採掘でも稼ぐ富裕な地主であった、とされています。

辰砂は金属加工・塗料に用いる鉱物です。鉛はお白粉《しろい》として当時の上流階級には必要な品でした。

鉱物の採掘には、山師や山伏の知恵が欠かせず、盗賊と戦う輸送業には、武芸の心得があるヤクザ者を用いねばなりません。

正成は、日頃から関係の深い仕事仲間に声をかけたのでしょう。

かと言って、楠木氏が従来の説のように「得体の知れぬ悪党の頭領」であったか、と言えば、そうとも言いきれません。

幕府の半公式文書である『吾妻鏡』には、承久の乱の頃、西国に上った関東御家人の中にクスノキの名が見え、和泉・河内のあたりに何らかの知行地も認められていたようです。

この楠木氏が悪党化した時期も、実はよくわかっていません。しかし、鎌倉を大地震が襲った二年後の永仁三年（一二九五）。播磨国の東大寺領が突如、垂水《たるみ》某《なにがし》という者に襲撃されます。記録では、その悪党仲間に、河内楠木入道という者がいたと書かれています。

この河内入道は、正成の父親正遠《まさとお》とされ、数千の夫駄《ふだ》（荷運び馬と人夫）を率いていたことが目撃されています。

少なくとも親の代にはすでに悪党活動をしていた楠木氏ですが、河内入道は感心なことに子供の教育には熱心でした。正成を河内国観心寺《かんしんじ》に、幼い頃から通わせます。彼が唐の軍学書を読んだのは、この寺であったということです。

しかし、家の習いで、彼も悪党化しました。後醍醐天皇より要請を受けて笠置方に付いた直後、正成は和泉国若松荘（大阪府堺市）に乱入し、ここを略奪するのです。

笠置山の帝と、幕府軍の合戦が激しくなった頃でした。正成としては、天皇の軍に兵糧を運ぼうと企んでいたのでしょう。しかし、間もなく帝は捕らえられます。すると正成は、和泉国で奪った物資を自領に運び、館の背後、赤坂山に砦を築いて、独自の合戦を始めるのです。

この戦いは、六波羅方に付いた山の者（幕府方にも「悪党」がいました）の知略で、何とか砦を落とすことができましたが、正成らはうまうまと逃げおおせます。

伝説ではこの時、正成は大きな穴を掘らせました。敵味方の死骸を入れて火をかけ、さらに泣き真似のうまい芸人を一人砦に残します。六波羅軍が上ってくると、その芸人は、

「大将は自害なされた。何と情け無いことか」

と大粒の涙を流して、焼死体のひとつを指差します。幕府の軍監《ぐんかん》（目付け役）は、焼け焦げた豪華な鎧直垂《ひたたれ》を見て正成と思い、芸人に褒美をやって解き放ちました。

後にその芸人は四天王寺のあたりで、おもしろおかしくこれを語り、幕府を馬鹿にした、ということです。

それから一年後の元弘二年（一三三二）の暮れ。河内のあたりに潜伏していた正成は、突然蜂起して同国はもとより、隣国の紀伊・和泉の御家人らを攻めて追い払います。

鎌倉の幕府は、翌元弘三年正月、諸国に軍令を発し、正成を討てと命じました。

動員された大軍は、「地を動かすばかり」の真っ黒な流れとなって、紀井・大和・河内の三国から楠木軍の拠点を目差しました。

三国から侵入したのは、後醍醐天皇の皇子護良《もりよし》親王が大和吉野の山中に逃れ、山伏を用いて諸国に幕府打倒の令旨《りょうじ》を送っていたからです。幕府軍は正成征伐の他に、山伏の首領とも言うべき親王を討つ目的もありました。

この頃になると鎌倉方も、悪党を有効に活用しようとします。

「凡卑《ぼんぴ》放埒《ほうらつ》の与党賊徒《よとう》（身分の低い不良盗っ人の仲間）と言えども」親王を討った者には近江国麻生荘《あそう》（滋賀県近江市）を、また正成を討った者には丹波国船井《ふない》荘（京都府船井郡）を与える、と餌をちらつかせました。

寄手は、同年の二月二十二日から河内赤坂に攻めかかります。五日間の戦いで双方二千人近い死傷者を出しますが、幕府側の悪党が、赤坂山の水の取り入れ口を断ったため、月末に赤坂砦は落ちました。同時期、吉野の親王方を追い払った紀伊道の軍勢も、河内の背後から乱入します。

赤坂の奥、千早城《ちはや》に籠もった正成軍の命運は、尽きたかに見えました。

しかし、ここからが正成の、知略の見せどころです。

千早城は、花崗岩が風化した標高六六〇メートルの山懐《やまふところ》にありました。寄手は、砂地でずるずる滑る斜面を必死に這い上ります。

やっと城の柵が見えるあたりまで来ると、はしりと呼ばれる丸太や石が降ってきました。

寄手も、荘園の悪党狩りで心得てはいましたが、これほど大規模な「木石討ち《ぼくせき》」は初めてでした。一瞬にして、

「将棋倒するがごとく、寄手四、五百圧《おし》に討たれて死ににけり」

という有様です。飛礫《ひれき》と称する、平たい石を投げる印地打ちも効果を発揮しました。兜を被らぬ雑兵は烏帽子を打たれ、大鎧の武者は防具の隙間を狙われます。寄手が悔しまぎれに正成軍に向かって、

「汚き手を使うものかな、山より降りて勝負せよ」

と叫ぶのですが、どっと笑う声が聞こえるばかりでした。

「ならば、赤坂攻めと同じく、水断ちで苦しませてやる」

事前の調査で、千早城の水は脇を流れる千早川の支流から汲んでいる、と知っていた寄手は川沿いに陣を張ります。

しかし、正成が山上に巨大な水溜めを作っているために無駄でした。そうこうするうち、隠岐島に流されていた後醍醐帝が、配流先を脱出。伯耆《ほうき》（鳥取県西部）で兵を挙げます。その兵の一部は都に進み始めました。

寄手に動揺が起こります。こんなところで犬死にしてたまるか、と勝手に国へ帰ってしまう者、抜け駆けして奇襲に遭い全滅する者。さらには陣中で、奇怪な出来事も起こります。寄手の上級武士たちが仲良く囲碁を打っているさ中、突然斬り合って死に、また、陣中にやって来た遊女を巡って、雑兵どもが合戦沙汰を演じます。

これは後方から潜入した正成軍の、忍びが起こした攪乱術でしょう。しかし、当時の人々は、

「寄手に天魔が憑《つ》いた」

と大いに恐れました。

こうして正成方が有利に戦を進めるうち、後醍醐の軍と、丹波で幕府を裏切った足利高氏（尊氏）の軍が、京の六波羅探題を攻めます。

もはや、千早城の包囲どころではない、と寄手は退却を開始。正成は「不思議の戦」で勝利を得た大将、と評判をとりました。

『三国志』諸葛孔明を思わせる正成の活躍は、後世の人々にも影響を与えます。

千早城で幕府軍が正成に向けて、

「汚き手を使うものかな」

と罵った悪党戦術は、武者の用いるごく普通の戦い方となっていきます。それまでは、伝来の大鎧を着用し、馬に乗って弓矢をとる者が名のある武士でした。蒙古の襲来以後、一騎討ちや名乗りの法則は廃れていきますが、戦場での高名や名誉は大事にされたのです。

しかし、高い山に籠もり、多数の者が石や矢で一人の武者を狙うようになっては「馬上の名誉」も何もありません。敵も味方も、足さばきの良い軽量の鎧をまとい、伏兵戦術ばかりとなります。誰もが悪党と同じ戦い方をし始めたのです。

弓は大量に装備した雑兵の得意技となり、弓矢の家と呼ばれた正規の武士は、打物《うちもの》を取って戦いました。即ち、使用武器の逆転現象が起きたのです。

その打物も、従来の太刀、薙刀以外に、大太刀、大鉞《おおまさかり》、金砕棒《かなさいぼう》、手突き矢といった異形の武器が『太平記』には記録されています。

こうした掟の変化は、忍術の進化も促しました。

偵察者として情報を伝える任務の他、彼らは積極的に伏兵戦へ参加し始めるのです。

「伏兵の事、第一の謀《はかり》なり。如何様《いかよう》なる地形にてもなるものなり」(『楠木正成一巻書』)など、もともと悪党の一種であった忍びも、集団で村落や城を攻め始めます。

多くの忍術書には、楠木正成が四十八人もの忍びを配下にして、そのうち三分の一は常に京の政情を窺い、他の三分の一は敵の攪乱、三分の一は手元にあって不測の事態に備えたとあります。

この当時の忍びたちは、伝説の黒装束など着用しておらず、普通の野良着や薄汚れた鎧をまとった野盗野伏せり同然の姿でしたが、戦い振りは彼らと僅かに異なりました。野盗のような力攻めはしません。まず、行商人や僧侶に化けて敵地に入り、味方の被害を最少限に抑える情報を摑みます。時には芸人や遊女に化けて、敵の心を確実にとらえる高等手段をとりました。

忍びと芸能の関係は、このあたりからはっきりとなっていきます。

楠木正成と芸能の関係も、近年明らかになりました。

昭和三十二年(一九五七)頃、三重県下で発見された『上嶋家文書』(観世系図)には猿楽名人、観阿弥(清次《きよつぐ》)の出自が書かれていますが、そこには、

「法名観阿弥、母河内国玉櫛庄《たまぐしのしょう》橘《たちばな》入道正遠女《まさとおのむすめ》」

とあります。橘姓は楠木氏の用いるものです。正遠は、悪党河内入道と呼ばれた正成の父で

す。その娘であれば、正成の姉か妹でしょう。

この楠木氏の娘は伊賀宇陀《うだ》荘、服部治郎左衛門元成《もとしげ》の嫁となり、観阿弥を生みました。さらに観阿弥の妻の父は伊賀小波多の領主、竹原大覚法師というのですから、猿楽の名家、後に能の大成者世阿弥を生む観阿弥家は、幾重にも伊賀の土豪とつながりを持っていたのです。

正成の父正遠が、伊賀と姻戚関係を作ったのは、やはり悪党同士の連携を深めるためでしょう。

十、天狗の出現

ちょっと信じられない話ですが、『本朝皇胤紹運録《こういんじょううんろく》』という資料には、後醍醐天皇には、男系十八人、女系十八人、計三十六人の皇子・皇女がいた、と書かれています。

後醍醐帝は、このうち皇子（親王）を、各所の寺社や武士の拠点に送り込み、天皇家の戦力や地方支配の要《かなめ》にしようと企みました。

とはいえ、初めそれは絵に描いた餅のようなものです。たとえば元弘三年（一三三三）秋、東北に設立された奥州将軍府は、幕府の雛型そのものでしたが、将軍に据えられた義良《のりよし》親王などは僅か六歳の幼児であったということです。

これは極端な例ですが、どうも後醍醐帝には理想を追求するあまり、現実を無視する傾向があったようです。

そんな父の帝をサポートし続けたのが、第三皇子の護良《もりよし》親王でした。この人は古い史書などで「もりなが」と書かれていましたが、現在の研究家はほとんど「もりよし」親王と呼んでいます。後醍醐帝は、彼を比叡山延暦寺に送り込んで天台座主《ざす》に据え、僧兵戦力の中心にしようとしました。

元弘元年（一三三一）。帝の反乱が失敗すると護良親王は吉野に逃れ、熊野・高野山・大峯山の山伏を味方に付けて、名所の武装勢力に倒幕を訴えます。

親王は、自らも山伏に変装し、忍びの技を持つ九人の山伏を伴にして出没した、といわれています。それは『義経記』にある英雄義経の奥州逃避行伝説を真似たものでした。味方となった山伏集団が、天才楠木正成と親王を結びつけたものと見て、まず間違いないでしょう。

この時代の山伏は、呪法の他に山行（山駆け術）、薬法（製薬術）、坊出《ぼうで》（変装）など、忍者と全く区別のつかない技の持ち主だったのです。

中でも、呪法と薬法をミックスした幻術技は、「魔性《ましょう》」の振舞いとして、人々の恐怖を生みます。

やがて、そのイメージが「天狗」という奇っ怪なものに成長していきました。姿は山伏ながらその面《おもて》には嘴《くちばし》を付け、背に羽を生やした鳥人間型の妖怪。その行動も、世の不安や不幸を好み、特に戦乱を大いに願う、という厄介な存在とされました。

天狗が初めて記録に現れるのは舒明《じょめい》天皇の九年（六三七）と、かなり昔です。ある日、天皇の住まいの上を、東から西に彗星《すいせい》が飛びました。落下する隕石は、ガラガラと雷のような音を立てますが、この時の音と光はことに大きく、人々をパニックに陥れます。

ちょうどそこに、唐から帰国したばかりの僧旻《そうみん》という留学僧がやって来て、

「流星にあらず。これアマキツネなり。その吠《ほ》ゆる声、雷《いかづち》に似る」

と言い、人々をとり鎮《しず》めたと記録されています。

天狗、という字を天《あま》に住む狗《きつね》と読んだのです。空に長く引く彗星の光が、キツネの尾を連想させたのでしょう。

天の狐がどうして鳥型に変化したのか、正確にはわかりませんが、保元の乱に敗れて四国の讃岐《さぬき》（香川県）に流され、そこで憤死した新院（崇徳上皇）のもとには、すでに鳥型の天狗が仕えていたといいます。

「（新院の）御逆鱗あまりなれば、魔縁みな近づき奉り」

恨みを抱いて讃岐の配所で暮らすうち、魔性の者どもが取り憑いた、と謡曲『松山天狗』に

は謡われています。その首領は、四国三天狗の一人相模坊《さがみぼう》でした。用のある時、新院が配所の空に向かって「相模、相模」と呼ばわると、「あっ」と返事して鳶《とび》のごとく羽をふるわせ、前に控えてお言葉を待った（『雨月物語』）といいます。

さらに長寛二年（一一六四）。新院が崩御なされた後はその墓所に、毎日一羽の鳶が番をして、その御霊をおなぐさめしたとも伝えられます。

悲しいまでに律気なこの魔性たちが再び大規模に動き始めるのは、南北朝時代が始まる直前でした。

後醍醐天皇の第一回倒幕計画が失敗した直後、西日本に大地震が起こり、紀伊千里ヶ浜が数キロにわたって隆起しました。また、比叡山や大和国の堂塔が怪火で焼け落ちます。

「先の帝の御謀叛といい、火災・地震といい、これ終末の世の前触れであろう」

京の陰陽師は占い、人心は動揺します。

ところが、武士の都鎌倉では、先の執権北条相模守高時《たかとき》が、恐れも知らず贅沢に遊び暮らしていました。

「楽しみ暮らせば、魔など寄りつかぬのだ」

高時はそううそぶき、田楽舞《でんがくまい》と闘犬にうつつをぬかします。鎌倉の町には常に四、五千匹の狂暴な犬が集まり、月に十二回、食い合いを演じました。高時の側近は闘犬や賄賂で私腹をこやし、心ある武士はこの町を捨てます。

そんなある夜、高時が珍しく一人で大酒を飲みつつ独り舞をしていると、どこからともなく十人ほどの田楽法師が現れ、ともに舞い始めました。

高時が喜んで舞い合わせると、法師たちは歌います。

「天王寺《てんのうじ》のや、妖霊星《ようれいぼし》を見ばや」

（天王寺に現れる、妖霊星を見たいものだ）

あまりの騒がしさに、屋敷の侍女が部屋を覗くと、何としたことか、高時と踊っているのは田楽法師ではありません。嘴があり背に羽を負った山伏風の妖怪です。悲鳴があがり、高時の外祖父安達時顕《ときあき》入道が駆けつけてみると、それらは忽然と消え、高時一人が酔いつぶれているばかりでした。

子細に見ると、部屋の中には、鳥とも獣ともつかぬおびただしい足跡と、鳶の羽根が散っています。

「あれは天狗であったか」

人々は怖気立ちます。後に藤原仲範《なかのり》という学者が話を聞いて、こう評しました。

「これぞ、天狗が天下の大乱を予言したものであろう。浪速《なにわ》の四天王寺は、我が国最古の寺、国家鎮護の場所だ。そこから見える凶星の妖霊星は、きっと、四天王寺から世の終わりが始まるという印なのだ」

仲範は舌を振るったといいます。


この、傍若無人の振舞いをしつつ、なぜか皇室には従順という、奇妙な二面性を持つ魔性の山伏たち。その両者を結びつける役を果たしたのが、後醍醐帝の側近で、御敵調伏を任務とした「小野の上人」文観《もんかん》でした。

朝廷が元亨二年（一三二二）に「神人公事停止令」を出して、下級宗教者の諸税を免除したのもこの文観の入れ知恵です。

文観についても少し書いておきましょう。

この僧は真言宗小野派でしたが、後に同じ真言宗の高野山派からは「天魔」「妖狐《ようこ》の手先」などと罵声を浴びせられました。

正式に灌頂《かんちょう》（密教の受戒）を受けた大僧正の身でありながら、真言立川流という淫靡《いんび》な性の呪法で鎌倉幕府の打倒を祈り、捕らえられて拷問まで受けたというまさに妖僧です。

後醍醐帝が政権を握って親政を始めると、文観は身のまわりに得体の知れぬ者どもを五、六百人ほども集め、これに武具を持たせて都を闊歩させました。京童《きょうわらわ》は、それを嫌って、

「大僧正の、帝をお助け申したのと申しても、育ちの悪さは隠し様もない。あ奴は幼い頃、口

減らしのため、僅か百三十文で僧院に売られた者というぞ」

悪口の限りを尽くしました。しかしこれを聞いた文観はからからと笑います。

「たしかに、この僧は百三十文の稚児に過ぎなかったが、人一倍修行し、算道（数学）卜筮《ぼくぜい》（占い術）を習って法験無双《ほうげんむそう》の術師となり、一天万乗《ばんじょう》の君（天皇）に身近く仕える者となった。悔しかったら、お前らも天狗を操る者になってみよ」

自らが天狗の元締めであることを否定しませんでした。苦労人の文観は、低い身分の中で必死に術を身につけ、同じように一社会から爪弾きされた下層民の悪党らと交流を重ねて、帝の戦力に仕立てあげたのです。

ただ、後醍醐帝やその側近の公家たちは、世にはびこる悪党が、山賊や海賊、傀儡子や悪僧山伏のような反社会的勢力とばかり思っていた節《ふし》があります。

しかし、実際ほとんどの悪党は、荘園を管理する下司《げす》、領家《りょうけ》、地頭、雑掌《ざっしょう》、百姓、村の物持ちなどが、利害関係で諸々の悪事を成す複雑な連合体でした。

そこにいるのは、やはり武士層だったのです。

彼らが朝廷の呼びかけに飛びついたのは、締めつけのきびしい鎌倉の北条体制を打ち壊し、所領で我儘《わがまま》を通したい、という欲求からでした。

「聖なる帝の御親政」などは、彼らにとってただの旗印に過ぎません。後醍醐帝や文観はそのあたりを見誤っていたのです。

元弘三年（一三三二）六月、鎌倉の幕府が倒れると、都に戻った後醍醐天皇は、さっそく理想とする政治を実現しようとします。

天皇制の絶対的権威を示すために、まず自分が出す綸旨《りんじ》（天子が発する詔勅《みことのり》）のみが土地の安堵を保証するものとしました。これはそれまでの慣習で土地領有を許していた北条氏よりひどいものです。諸国の武士は猛反発しました。

「そんな綸旨が万能なら、偽造すれば良い」

悪党たちは偽綸旨を作り、これがますます所領裁判を混乱させました。

他にも、帝の側近は、乱の論功行賞を一部の者だけに与え、新たに「言う甲斐もなき」公家を地方の国司に任じて、守護（武士）の権限を狭めようとします。

後醍醐帝の政策がことごとく空まわりする中、建武元年（一三三四）一月。御所の大々的な造営が発表されます。

戦乱に疲れきっていた庶民は、その膨大な出費に驚き、一斉に非難の声をあげます。

「これは明王聖主《めいおうせいしゅ》のする沙汰ではない。再び乱世となるぞ」

公家の一部までがこう批判する中、不満を持つ武家を吸収した足利尊氏は朝廷に叛旗をひるがえします。

しかし京の合戦で尊氏は敗れ、西へ逃れました。朝廷は喜びに沸きます。

この時、楠木正成は帝の前に進み出て、「不思議の事」を上奏しました。

尊氏のライバルで武家の頭領新田義貞《よしさだ》を追い払い、尊氏と和睦せよ、というのです。

「正成にも魔が憑いたか」

帝の側近たちは訝《いぶか》しく思い、また嘲笑いますが、正成は人心が後醍醐政権を離れ、尊氏方に傾いていることを、正確に読み取っていました。

「政権の崩壊を食い止めるには、ともかく尊氏に譲歩して戦いを治めるのが良策である」

と彼は考えていたのです。また、こうも言いました。

「いずれ尊氏卿は兵力を立て直して、京に攻め上って来るでしょう。そうなっては手遅れです。疾《と》く、御英断を」

帝も公家たちも、聞く耳を持ちませんでした。それからふた月ほどで公称五十万という大軍に膨れあがった尊氏の軍勢は、上洛を開始します。

御所の公家たちは慌てふためきました。正成は迎撃策を上奏します。

「帝は比叡山に御臨幸あそばされ、都へ尊氏軍を誘い込みます。大軍が町にあふれ、たちまち兵糧が不足するでしょう。我らは都の出入口を固め、敵が疲労したところを見計らって一気に攻めつぶします」

これは最上の策に思われました。ところが、軍事を知らぬ頑迷な公家たちは、口々に反対します。中でも坊門清忠《ぼうもんきよただ》という帝の側近は怒りました。

「何度も帝が叡山に御臨幸するのは、皇室の威信にかかわる。尊氏の率いる軍勢の数はまやかしである。そもそも我らの軍が負けるわけがない」

正成がその根拠を尋ねると、清忠は胸を張って答えました。

「只《ただ》聖運の天に叶える故《ゆえ》」

帝の御運は天上の神々がお定めになっているのだ、と精神論を述べるのです。しかも、彼らは無謀な勅命まで発しました。

「ただちに摂津兵庫に向かい、上陸してくる賊の尊氏を討て」

正成は絶望します。

（この上は何を言っても無駄だ）

彼はこの時、死を決意しました。後醍醐政権の中で地位を築いてしまった正成には、義のために討ち死にするしか道は残されていなかったのです。

西に向かう彼の軍勢の中に、千早城で共に戦った悪党や雑人の姿は見えませんでした。勅命など屁とも思わぬ彼らは、身勝手な帝や公家たちと心中する気は毛頭なかったのです。

建武三年（一三三六）五月二十五日。大軍に包囲された正成以下七十余人は、現在のＪＲ神戸駅近くにあった民家で自害して果てました。

十一、悪党の変質

自らを頼む者。義だの忠だのに煩わされることのない、ドライな存在こそ悪党であり、初期の忍びでした。

しかし、彼らにも主人を思う心や、裏切りを憎む心が僅かに残っていたのです。それがわかるエピソードをひとつ書いておきましょう。

瀬戸内海の大三島にある大山祇神社は、国内の国宝・重要文化財の武具のうち、約八〇パーセントを収蔵する大武器庫ですが、この中に大森彦七《ひこしち》という南北朝時代の武士が奉納した、巨大な大太刀があります。

彦七は、正成が死んだ兵庫湊川《みなとがわ》の戦いで、楠木軍敗走のきっかけを作り、自害した正成のもとへ最初に駆けつけた尊氏方の武士です。

その功績を尊氏から賞せられ、四国伊予《いよ》松崎《まつざき》の荘園を与えられました。

一説に彦七は猿楽師であったとも、傀儡子を支配する者であったとも言われています。異形の大太刀を使うことや、舞が異様に上手であったことから察するに、どうもそれは本当のようです。彼も当時流行の、闇の領域から成り上がった者なのでしょう。

伊予松崎に屋敷を建てた彦七は、都から取り寄せた豪華な猿楽の衣装を身につけ、毎日舞い暮らしました。

費用を負担させられる荘園の百姓らは不満をつのらせますが、

「我はあの楠木を敗死させた勇者ぞ」

と言われては手も足も出ません。ある年の春、大寺の法要に舞を奉納しようということになり、彦七主従は出かけました。とある川の岸辺まで来ると、橋が落ち、美女が一人立ち尽くしています。

「法要に参る者ですが、このように困っております」

「それなら、我が汝を背負って川を渡らん」

彦七は鼻の下をのばし、美女を背に水の中へ入って行きました。川の真ン中まで来ると、なぜか背負った女の体重が、ずしりと重くなります。

彦七が、不審に思って振り返ると、彼の背に乗っていたのは一匹の鬼でした。

げっ、と叫ぶ彦七の襟首を鬼は摑みあげ、

「我は楠木の怨霊。湊川の恨みを晴らさんと、ここに参ったり。汝、君の恩寵深き悪党ながら、朝敵尊氏に味方した不忠者。許さぬぞ」
と言うと、そのまま彦七をくびり殺そうとします。彦七は苦しい息の下で、腰刀を抜いて鬼に斬りつけました。

その腰刀は、尊氏から得たとも、自害した正成の刀であったとも伝えられます。揉み合ううちに彦七の家臣らが駆けつけ、鬼は舌打ちして宙に飛びました。

「これで済まさぬぞ、また来よう」

捨て台詞を残して消えていったということです。その一年後、彦七は雨の中、悩乱して死にますが、その後も彼の屋敷には怪事が続いたといいます。

察しの良い読者の方々には、もうおわかりでしょう。この鬼女は、後の世に言うくノ一（女忍者）術と幻術を巧みに組み合わせたものでした。恐らく正成の仇討ちに現れた楠木忍者の残党でしょう。

忍者型の悪党は、足利尊氏の側にも多くのエピソードを残しています。

高師直《こうのもろなお》は尊氏の執事で、足利幕府が成立すると侍所《さむらいどころ》の長官に任じられますが、高貴な女性を奪い取り、公家の土地を我がものにするなど「悪逆非道の輩《やから》」と称されました。人が朝廷の尊さを説くと、

「帝も飾りに過ぎぬ。木か鉄で作って御所に置けば良いものを」

と大笑いしたといいます。彼こそ既成の権威を破壊する、上層の悪党でした。

暦応元年（延元三年・一三三八）陸奥国にあった南朝北畠軍が西に進み、その一部が都の西南、男山の石清水八幡宮に立て籠もります。

ここは王城鎮護の重要拠点で、源氏の氏神を祀る場所でもありました。尊氏は恐れて兵を引こうとしますが、師直は命令を聞きません。

密かに手飼いの忍び名人を呼んで、独り言のようにこう言います。

「今宵あたり大風が吹く。汝の裁量でうまく事が運べば良いなあ」

心得たりと忍び名人は、北畠兵の兵糧運搬人に紛れて男山へ潜り込み、八幡宮の拝殿に放火します。一瞬にして男山は火に包まれ、兵糧を失った北畠軍は敗走しました。

「我らの氏神の社殿を焼くとは」

流石の尊氏も、配下の悪党振りに言葉を失ったといいます。

そんな師直ですが、男気のあるところを見せるときもありました。

貞和三年（正平二年・一三四七）。楠木正成の子、正行《まさつら》が兵を挙げ、河内《かわち》四《し》条畷《じょうなわて》（大阪府）に進みます。迎え討つ師直はそのあたりに六万の軍を広げていましたが、正行軍は共に討ち死にを誓った百四十三人の武者が一丸となり、師直の本陣に突入します。

ちょうど正月のことで、上山《うえやま》六郎左衛門高元《たかもと》という武士が平服で遊びに来ていました。攻め来る正行を見て、傍にあった師直の鎧二領のうち一領を勝手にまといます。師直の家臣が見とがめて言い争いになるところ、やって来た師直が家臣を叱りつけました。

「今、武蔵守（師直）に代わって働こうとする侍に、何の鎧一領ごとき惜しもうぞ」

よい機転である、大いに働かれよ、と上山を褒めました。面目をほどこした上山は正行勢と斬り合い、その最後は師直の身代わりになって討ち死にした、ということです。

ここにも既成の権威や常識にとらわれぬ悪党の男気が見てとれます。

十二、国人から傭兵へ

伊賀国で悪党が自由奔放に動きまわったのは鎌倉末期の応長年間（一三一一―一二）から北朝暦に言う康永年間（一三四二―四五）までの、ほぼ三十年に過ぎません。

南北朝の争乱が始まった頃は、伊賀の武装勢力もこぞって後醍醐天皇に付き、鎌倉方と戦いました。悪党の張本と謡われた名張黒田荘（三重県名張市）の大江氏などは、禁裏供御人《くごにん》となって、楠木氏の河内挙兵にも参加したようです。しかし、建武の新政が破綻すると、いち早く尊氏有利と読んで、武家方に協力しました。

戦乱の中で荘園の所有権が転々とし、本所（荘園領主）の支配力も弱まる建武三年（一三三六）。京を占領した尊氏は、有力な地方の悪党を自分の御家人に組み込み、在地の地頭に任じました。地頭になれば、荘園の年貢半分が得られます。

彼らはそれまでともに荘園領主と戦っていた農民の支配者に変身し、その自由を奪う者となっていくのです。

悪党という言葉は廃れ、代わって国人《こくじん》（くにうど）という呼び名が流行ります。足利氏が自分たちに味方する新興の武士たちを蔑称で呼ばず、「国々の人・輩《ともがら》」などと呼んだからです。国人は尊氏から任じられた国守護の下に結束して、農民に圧力をかけ、一方農民も「惣《そう》」という自治組織を作って対抗し始めます。

伊賀の一部や隣国の甲賀では、占有する土地が狭いこともあって、国人の力がさほどに強くは無く、この惣が山林の入合い権や水争いまで合議制で解決しました。

近年の研究では、そうした自治制度が軍事体制に移行していく中で、伝統的にあった農民の素朴な戦闘技術が利用され、発達していったものが忍びの技であったと考えられています。

とはいえ、伊賀と甲賀では惣の内容は微妙に異なります。伊賀では国内を統一する権力者が育たず、小さな同族連合があるだけでしたが、甲賀の連合（郡中惣《ぐんちゅうそう》と言います）は、一応近江国守護職六角氏に自治を容認され、その代償として、戦時には六角氏に兵を提供する形になっていました。

それでも、伊甲両国の惣は敵対せず、片方に何事かあれば、片方が力を貸す仕組みであったようです。

近年発見された『伊賀惣国一揆掟書』には、

「境目《さかいめ》において野寄合《のよりあい》あるべく候」

国境いの山中で会議を持つべきである、と書かれています。当然、両国の忍びは技術や人材の交流も盛んであったと思われます。

テレビや映画のように、伊賀と甲賀の忍者がライバル心剝き出しにして殺したり殺されたりすることは、少なくとも戦国時代まではありませんでした。

これを証明するのが、南北朝が統一されて、室町幕府が衰えを見せ始めた、百年ほど後の長享元年（一四八七）です。

若き足利九代将軍義尚《よしひさ》は、近江守護の六角高頼《たかより》を討つため、同国に侵入します。

総勢二万五千の征伐軍を見た高頼は、かねての協約通り甲賀衆を頼って逃亡します。

義尚の軍はこれを追って甲賀山中に進みました。しかし、

「この峰に攻め上れば、かれ（敵）この谷に隠れ（中略）千変万化の謀《はか》りを尽くし、さらに合

戦すべき様もなし」(『後太平記』)

といった調子で、兵は疲労するばかりでした。

義尚は長期戦を覚悟し、近江国鈎《まがり》(滋賀県栗東市)に仮御所を築きます。そこで日夜、美女を集め、酒宴に時を過ごすようになりました。

甲賀衆はこの時を待っていました。長享二年(一四八八)十二月一日。高頼が他国に逃げたと報告を受けた義尚は、駐屯する部隊の多くを撤退させます。

その次の日の二日。甲賀勢と伊賀の協力者たちは夜間、仮御所を襲いました。

「草木《そうもく》ことごとく立って寄する也《なり》」(『甲賀鈎ノ陣始末』)

陣のまわりに茂る木々までが、人の形と化して攻め込んできた、というのです。警備の兵が

恐怖のあまりそう感じたのか、またはこの時、一種の幻術が用いられたのかもしれません。忍びたちは将軍の厩《うまや》を焼き、奉公衆を追いまわしました。

この作戦は将軍の殺害が目的ではなく、六角領から手を引くよう恫喝を加えるためでしたが、鈎御所の被害は甚大です。

ことに将軍義尚のショックは大きく、事件の三ヶ月後、脳溢血で世を去りました。これには、夜討ちの時に受けた疵がもとで死んだ、という説もあります。二十六歳という若い死でした。

諸国の富を集めて、希代の悪女と呼ばれた義尚の母日野富子は、悲しみのあまり屋敷に籠も

り、夫の元将軍義政も、九ヶ月後に世を去ります。

ただでさえ凋落いちじるしい足利幕府に引導を渡したこの一件は、天下を震撼させました。以来、甲賀の忍びたちは他国で傭兵となる時、

「我ら鈎にて公方の御命を、縮め参らせた者の末《すえ》でござる」

と自己紹介するのが慣わしとなります。滋賀県の古記録『淡海温故録《おうみおんころく》』にも、

「世に甲賀の忍び衆と名高くいうは、鈎の陣に神妙の働き（中略）それ以来名高く誉れを得たり」

とあります。

義尚が死んで一息ついた六角高頼は古巣に舞い戻り、甲賀衆五十三家に感状を与えました。以来、五十三家の人々は名士とされ、その中の二十一家は特に古士《こし》と呼ばれて、長く名を残すことになります。

鈎の夜討ちは、同じ年の十二月二十日に再度行なわれ、義尚軍の被害も、実はこちらの方が大きかったという言い伝えもあります。これが事実なら、

「攻撃は反復されてこそ効果が大きい」

という戦術の原理が応用されたことになります。

しかし、甲賀の兵法も時代の流れにはかないませんでした。鈎の戦から七十数年後。近江を

通って上洛する織田信長に抵抗した高頼の子孫六角承禎《しょうてい》は、お決まり通りいったん甲賀に逃れ、後に合戦を挑みます。

しかし流石の甲賀衆も、名高い織田軍の前には手も足も出ず、六角勢は敗退しました。これは甲賀衆の技が劣化したのではなく、戦場が平場（平原）であったこと。また、信長方にも甲賀衆あがりの家臣が多く、それらの内部工作が功を奏したのではないかと考えられます。

十三、乱れる伊賀

甲賀人が守護六角氏（佐々木氏系）に従順なのと対照的に、伊賀の土豪たちは他者の支配を強く嫌いました。

南北朝以来、寺社の領主に刃向かった悪党の血を、濃厚に受け継いでいたのです。『伊乱記』には、こうあります。

「当地正しき守護職治定《ちてい》なきに依って、国民（在地の民）邪勇《じゃゆう》に募り、無道の我意を行跡《おこない》……」

その後の難解な部分を現代語で訳していくと、

「諸税を納めず、血気にはやって身のほどを知らず、雑人の身分を忘れて官位を勝手に称し、己々《おのおの》の住まいに塀を掘り土塁を築き、幾重にももがりや柵を結い、出入口を固めて武具を揃える。肉親の見境無く争い、また親の仇、縁者の仇と称して戦うため、僅かな睡眠にも安堵することがない。殺人と放火が常套手段で、住まいばかりか寺社さえ平然と焼き払う」

　おかげで、普通に暮らしている農民たちは、

「昼夜の道狭く、万民愁鬱《しゅうしゃく》の泪《なみだ》に沈む」

（道も歩くことが出来ず、生き辛さに誰もが泣き暮らしている）

といった有様でした。狭い伊賀盆地の中で隣近所の夜討ち、昼強盗が行なわれる異常な環境では、当然誰もが武芸を心得るようになります。

「子孫に忍《にん》の一道を相伝し、士農奴僕《ぬぼく》各国風《くにぶり》として、毎朝寅《とら》（午前四時頃）より起きて午時（正午）に限り家業をつとめはげみ、午時よりは二ヶ寺に行きて遊び、軍術兵道《ひょうどう》を稽古し、別して惻隠《そくいん》術を習いて、是を調練す。他国にても伊賀者忍びと言い、足を重宝するとかや」

　ようやくここに忍の文字が登場します。

「早朝に起きて昼までは家の仕事をし、午後から伊賀の古い寺、平楽寺に出かけて軍事の知識を学ぶ。特に呼吸法・身隠しを訓練する。他国でも伊賀の忍びといって、その行動半径の広さを大事にされた」

　と、いうのです。

周囲僅か八里。山がちで耕地面積の狭い伊賀の国に、数百もの砦が築かれ、村々の国人が術を磨くうち、その評判は広がります。時は室町・戦国の乱世でした。

揉め事を抱えた全国の守護や大名は、伝手を頼って伊賀の国人に助力を求めます。

「〇〇と敵対関係になった。至急、内情を探りたい」

「××城を攻めるゆえ、その弱点を知りたい」

土豪は、話の内容を推し量り、自分が飼っている者の中から、報酬に応じて人数を派遣しました。

差し迫った事情でもない限り、多くの依頼は冬に舞い込みます。収穫が済んで雪のちらつく頃、忍びはひっそりと伊賀の里を出、村々の耕作が始まる前に帰郷します。冬場、情報を忍びから得た大名は春先の戦いで優位に立ち、反対に油断した大名は田植えの前に没落しました。

「忍びは冬の武士」と言い慣わされていたほどです。

やがて収入の少ない伊賀の国人にとって、手練《てだ》れの忍びを何人飼っているか、が有力非力の分かれ目になりました。むろん、国人たちは内部争いも続けています。報酬欲しさに手飼いの忍者たちを外に放ち、彼らが帰省してみると主人が殺されていた、などということも珍しくはなかったのです。

このままでは共倒れになる。何とか互いの領分を守り生き残る道はないのか、と国人たちは

伊賀上野、無量寿福寺《むりょうじゅふくじ》に集まって協議しました。そこで、

「当国は長く守護のもとに管理されていないため、土豪が勝手気ままに乱暴するのだ」

という結論に達します。ここはひとつ、お飾りで良いから「国主」を見つけてこようではないか、と決議されたのです。

実は伊賀国にも、その昔はお飾りの国主がいました。関東武士名門の血をひく千葉介貞胤《ちばのすけさだたね》、藤原氏の雅兼《まさかね》という名前だけの伊賀国主様が、記録の中に残っています。

皆は特定の国人に利害関係の無い非力な貴人を探しまわり、ついに隣国伊勢仁木《にき》氏の右京大夫義視《よしみ》という者を見つけました。

仁木義視は争いに破れて各地を流浪し、この時は六角承禎に匿われて近江箕作《みつくり》城にいます。国主として迎えられたのは享禄二年（一五二九）と『伊乱記』にありますが、これは元亀二年（一五七一）の記録ミスだろうと、現在の忍者研究家は書いています。

前年の元亀元年（一五七〇）。仁木義視の後見六角承禎は、近江野洲《やす》で織田信長と戦い、大敗を喫していました。その敗者の息がかかった者を、国主にするのは危ういことでしたが、伊賀の国人たちは、

「どうせ飾りなのだから」

とこのあたりは無頓着《むとんじゃく》でした。

「(仁木義視の)其権重《そのけん》からずして、族士の党、ややもすれば大守を易侮《えきぶ》し、其指揮に応じず」(『伊乱記』)

国人たちは義視を馬鹿にして命令を聞かなかったというのですから、何のため国主に据えたかわかりません。義視も義視で、二ヶ寺の脇に建てられた国主館に立て籠もり、

「主従は互いにうち解けず、心を離して暮らした」

とあります。数年の間、このような緊張状態が続いた後で、ついに義視は伊賀を捨てました。きっかけは些細なものです。館近くに住む百田《ももた》藤兵衛という国人が、一寸八分(約六センチ)の小さな閻魔《えんま》の像を所蔵し、これが御利益限り無しとの評判でした。それを耳にした義視が藤兵衛に持参させますが、何時になっても返そうとしません。

「我が家にとって大事な御像。国人を嘗《な》めておるのか。このうえは国主を攻め滅ぼしてくれん」

と近隣に兵を募ります。すると、日頃反目し合っていた国人たちも、続々と集まって国主館を包囲しました。彼らも自分らが招いた国主様に飽き飽きしていたのです。

驚いた義視は、近江国信楽《しがらき》に逃亡。天正七年(一五七九・一説には天正五年)五月のことです。

武道不覚悟の義視が、伊賀者の重包囲を突破できた理由はわかりません。おそらく、昔懇意

であった近江の甲賀衆が、手びきしたのではないでしょうか。

国主の館を占領した伊賀人たちは、戦勝祝いを催しました。が、この時早くも国人同士のいがみ合いが始まります。

同国阿拝《あえ》郡の中清六《なかのせいろく》という者が、義視の逃げ方を褒め、包囲を破られた加藤将監《しょうげん》を罵倒したのです。そこで斬り合いとなり、将監は「討ち死に」します。将監の息子熊之助は、急いで人数を掻き集め、清六の家を攻めようと出撃しました。

途中、森田浄雲斎《じょううんさい》という者の土地を通過する際、突然浄雲の兵が、

「汝に先年の恨みがある。通させるものか」

加藤勢に矢を放ちました。これを聞いて、熊之助に味方する国人が集まり、周辺は騒然としましたが、間に立つ者があり、ようやく治まったということです。

この加藤氏・森田氏は昔から犬猿の仲でした。隣合わせに所領を持ち、同じ氏神を祀っています。例年秋の祭礼では、交代で祭りの世話を担当しましたが、それより十余年前の永禄九年(一五六六)九月、ひと騒ぎあったのです。

この年の祭り当番は加藤氏でした。当主将監は、以前から森田浄雲に不穏の動きがあることを察知し、病と称して、当時少年であった熊之助を代理に立てます。

その折、熊之助に着座の心得を言い含めました。

「席に着いても袴《はかま》の裾を下ろしてはならぬ。佩刀《はいとう》は左脇に置け。相手（浄雲）の表情や動きに注意せよ」

祭りには素袍《すおう》長袴を着用します。袴の裾を下げては斬り合いに不利。刀を左に置くのもす早く抜く心得です。さらに、

「わしは汝を守るため、忍んでいるぞ」

と将監は、白糸緘の鎧に自慢の槍を抱えて拝殿の隅に潜みました。

この日は、南都から特に猿楽の金春《こんぱる》大夫を招き、舞を奉納する決まりになっています。舞い始めの掛け声は、祭りの当番がすることになっていましたが、敵の将監が姿を見せないことに腹を立てた浄雲は、ことさら騒ぎを大きくするため、

「当年の執行《しつぎょう》（進行）はそれがしが行なう。それ舞を始めよや」

と勝手に命じました。

代理人の熊之助は、少年ながら憶することなく立ち上がり、

「忘れたか、浄雲斎。当年の執行は当方ぞ」

非難します。浄雲は待ってましたとばかり膝を立て、

「間違ったからには、この舞は中止じゃ」

刀を抜いて熊之助に斬りつけました。心得たり、と少年も斬り返し、あたりは騒然となります。舞台の上では加藤・森田両党の雑人たちも白刃をきらめかせ、頃合いを見た将監が槍をしごいて飛び出したところへ、客として来ていた阿拝郡の有力者たちが仲に入り、両者を引き分けました。

天正七年（一五七九）、父の仇討ちに出た熊之助に、浄雲が「先年の恨み」と言ったのは、この時の事を指しているのでしょう。

伊賀は再び、土豪が割拠する中世初期の世界に逆戻りしました。

しかし、時代の流れがそのような社会を、いつまでも許すはずがありません。

伊賀の南隣、伊勢国から変化は起きました。

この国は南北朝以来の名門伊勢北畠氏が国司として長く治める「神国」でしたが、織田信長と戦い、元亀二年（一五七一）双方和睦して北畠氏に信長の次男信雄《のぶかつ》が養子として入ります。天正四年（一五七六）十一月には、北畠当主具教《とものり》以下が謀殺され、伊勢の大部分は織田方の手に落ちました。

その信雄が「御本所」（国司）と名乗って南伊勢田丸《たまる》に入った頃、伊賀名張の国人下山《しもやま》甲斐《かい》、吉原英重《ひでしげ》なる者がやって来ました。

彼らは伊賀の大族、服部氏や大江氏の血筋ではなく、『土佐日記』の著者として知られる紀貫之の末流を称していました。

「伊賀の者ども、心太《ふと》く、思い増長して、天の節理を顧みず、さる五月に国主仁木氏を追い、また古くからの騒動の国に戻そうとしております」

それはすでに聞いている、と信雄がうなずくと、下山は声を低めて、

「これ、御当家が伊賀を治める絶好の機会なり。我ら御味方に加わり案内役となりましょう」

恐るべき言葉を口にしました。試みに信雄が、

「うまい手があるか」

と問うと、下山は国内の絵地図を示します。

「かつて北畠具教卿も伊賀国に手を伸ばし、我らが名張郡下神部《しもかんべ》の丸山に城を築きました。今は荒れ果ててございますが、これを修復して足掛かりとなさるが御上策」

と、廃城の位置を指差します。伊賀には、阿拝《あはい》・山田・伊賀・名張の計四郡があり、国主の仁木義視が入った頃は、阿拝郡と山田郡の半分が近江六角氏に心を寄せ、阿拝郡半分と山田郡、伊賀郡の半分は国主仁木氏。名張郡と伊賀郡半分が北畠贔屓《ひいき》の国人で固められて、丸山はその拠点でした。

「妙案である」

信雄は父信長の許可を得ると、城の補修にとりかかります。

その責任者は、伊勢木造の僧侶あがりで滝川三郎兵衛という者でした。彼は工事人夫の扱いがうまく、城は半年ほどで完成。織田の軍兵も城内に入りました。

「これは容易ならざる事態である」

それまで城修復を黙って見ていた伊賀の土豪らも密かに集いました。

「織田は剣呑じゃ。名家北畠氏を謀殺し、国を乗っ取るその汚いやり口。左様な家が上に立てば、我ら伊賀衆もただでは済まぬぞ」

協議の結果、丸山城を焼くことに意見が一致します。

同年十月二十五日の白昼。伊賀の国人は蜂起し、城を落としました。滝川三郎兵衛は辛うじて伊勢に逃げ戻ります。

怒った信雄は、翌年の九月に軍勢を仕立てて、三ヶ所から伊賀に攻め入りました。

これに対して伊賀の土豪ばかりか、百姓や僧侶、女や子供までが武器を取って対抗します。

「屍《しかばね》を野山にさらして、名を伊賀の天に掲げよ。死は誰にも訪れる。臆することなく戦え」

伊賀の人々は、伊勢長島の一向一揆で女子供を皆殺しにした織田軍の冷酷さを、覚えていたのです。

信雄は自身の手勢八千のうち三千を討たれ、身ひとつで戦場を脱出しました。別の攻め口では、織田方に味方した武将柘植《つげ》三郎左衛門が鉄砲で射ち取られ、さらに別の口で道案内に立った裏切り者下山甲斐の隊も、同士討ちを始めます。

　このうち柘植三郎左衛門は、滝川三郎兵衛とともに、北畠一族を暗殺した極悪人と評判の男でした。伊賀衆は期せずして伊勢国司の仇を討ったことになります。

　これが第一次伊賀の乱と呼ばれる戦いでした。


　信長は、息子信雄の腑甲斐無《ふがいな》さに激怒します。ちょうど家臣柴田勝家が加賀国を平定し、西国では秀吉が毛利氏と一進一退の戦いを続けている時です。

「この大事な折に、私事《わたくしごと》の戦を始めおって」

　信長は信雄と、親子の縁を切る、とまで言いました。

　しかし、織田勢力圏内で、伊賀だけが野放しになっていたことに改めて気づいた信長は、天正九年（一五八一）九月。五万近い軍勢を催すと、伊賀に攻め込みます。これが第二次伊賀の乱です。

　近江の甲賀、同信楽、伊勢加太《かぶと》、大和口の四ヶ所から進む大軍は、目につく住民を片端から殺していきました。忍びと一般人の区別が、全くつかなかったからです。

「寄手の軍兵、去る卯《う》の秋、伊勢方《がた》恥辱（天正七年信雄の敗戦の恥）をとり、その遺恨ありしゆえ、此度《これ》幸いと」(『伊乱記』)

織田兵は神社仏閣を焼き、僧俗男女、老い若きの別なく一日に五百ほど首を斬ってさらしたと伝えられます。

その当時の伊賀の人口は十万人を超えず、一方の寄手は五万。いくら忍びが戦上手といっても、正面からの戦いではかないません。

残る手段は、険しい山の砦に立て籠もっての抗戦ですが、残念ながら楠木正成以来の戦法も、織田兵の前には無力でした。

信長自慢の狙撃兵は、山の斜面に身をさらす忍びたちを、遠方から正確に射殺します。

中世には無敵とされた山岳戦が役に立たぬと知って驚いた土豪たちは、それでも最後の手段と、籠城戦に突入します。木津川沿いの長田荘にある比自山《ひじやま》は城の規模が大きく、老人・女・子供も含めて約一万が籠もりましたが、ここも織田方の力攻めに落城します。

最後の最後に残った城が、南部の名張郡にある柏原《かしわら》(滝野)城でした。

この城には有名な忍び百地丹波《ももちたんば》の一族が入って、ひと月ばかり持ちこたえます。攻めあぐねた織田方に知恵を貸したのが甲賀衆と、伊賀の裏切り衆でした。彼らは柏原城の抜け道を嗅ぎつけ、城方の兵糧を断ちます。飢えに苦しんだ百地勢は、大和の大倉五郎次郎という猿楽師の斡旋を受け入れました。

「主だつ者の首と引きかえに、女子供の命は助けよう」

しかし、この和睦条件を双方守ったのか、といえばそれは大いに疑問です。『信長公記』には「千撫切《せんなでぎり》」（千人皆殺し）の言葉や、首となった人々の名が列挙されているのです。また、陥落間際の城から脱走した者も多かったようです。

「（伊賀の）一揆ども、大和境・春日山に逃げ散り候を、筒井順慶《じゅんけい》、山へ分け入り、尋ね捜して大将分七十五人、其の外、数を知らず、切り捨て候いき」（『信長公記』）

とあり、国境いを越えて奈良まで落ちのびた伊賀人たちが、大和の大名筒井順慶の兵に殺されたことも記録されています。

幸いにも同時期、他国へ出稼ぎに出ていた忍びたちは虐殺を免れましたが、家族を殺され帰る家も失った彼らは、そのまま傭い主のもとに残るか、あるいは流浪の旅に出ました。

伊賀の忍び技が全国に広がる原因のひとつが、信長によるこの平定作戦にあったという話には、うなずけるものがあります。


生き残りの中には、一族の仇である信長を討とうとする者もいました。

江戸時代の忍書『万川集海《まんせんしゅうかい》』の、忍者名人十一人を記した部分の、その九人目に「音羽《おとわ》の城戸《きど》」こと城戸弥左衛門なる者がいます。

この城戸は、鉄砲の名人でした。他の忍びたちが持てあます口径の大きな大鉄砲を、自在に操り、火薬の調合法も心得ています。

天正九年（一五八一）の十月。未だ南部で小競り合いが続いている伊賀に信長は赴きました。自分が平定した国を「御見物」するためです。途中、伊賀一ノ宮敢国神社を、信長は休息場所に定めました。

これを耳にした城戸は、原田木三《もくぞう》、印代判官《いじろはんがん》なる者らと相談し、神社に潜入しました。頃合いを見て三人はそれぞれ散弾を塡《こ》めた大鉄砲を放ちますが、なぜか本人に命中せず、周囲の家来衆だけが倒れます。

「信長公運《うん》や強かりけん。三人ともに打ち損じ、（中略）音羽村をさして、飛鳥のごとく逃げ去りける」（『伊乱記』）

城戸はさぞ残念であったでしょう。実はこの男、その二年前にも暗殺を依頼され、近江国膳所《ぜぜ》（滋賀県大津市）で信長を狙っています。

その時射った弾も、織田の馬印である大唐傘《おおからかさ》を射ち抜きましたが、信長は無疵でした。

城戸の行動を記した『城戸家文書』には、狙撃事件のあった翌日、贈り物の菓子を持って城戸は、堂々と信長に拝謁した、とあります。信長は席上、犯人捜しを彼に命じました。

まさに化生《けしょう》の行動ですが、その後、城戸の配下が裏切って織田方に密告。

城戸は易々と捕らえられて拷問を受けたものの口を割りません。隙を見て牢を抜け出し、各所に潜伏した後、包囲されて自決しました。彼の墓は現在も伊賀市西音寺にあります。火薬や鉄砲技の他はあまり物を知らず、非常な大飯食らいだった、と寺の伝承に残っています。

十四、消える者と残る者

伊賀の地で辛うじて生き残った人々も悲惨でした。織田兵が荒らした田畑から残った作物を拾い食いして命をつなぐ者。伊勢や志摩の国に流れて身を売る者もいました。

忍びの手技を持つ人々は多少のつぶしがききましたが、それでも信長が生きているうちは、忍者の裏芸である手品《てづま》や曲芸で「露の命をつないだ」といいます。

その中で僅かに目端のきく者は、遠く東に走って、織田の同盟者徳川の所領に隠れました。徳川家は、家康の祖父清康の代から伊賀者を傭い入れており、名族服部氏から出た浄閑斎《じょかんさい》(半三)なる者は、家来にまでなっていました。彼は、

「万松院(足利十二代将軍義晴)に仕え、安綱《やすつな》の刀を与えられる。その後三河国に来たり、清康君、広忠卿、東照宮(家康)に歴任し」(『三河後風土記』)

と記録されています。伯耆《ほうき》安綱は「酒呑童子切り」を鍛えた名工です。同名異工の刀でしょ

うが、それを将軍から賜わるほどの腕を持ちながら、小国三河（愛知県）の松平（徳川）氏に仕えたとは、どういうわけでしょう。

この半三浄閑斎の子が、有名な服部半蔵（正成《まさなり》）でした。

伊賀の乱で生き残った人々を受け入れた半蔵は、小規模な伊賀者の組を作ります。ただし、半蔵その人は世に伝えられる忍者ではなく、ごく普通の武士であったようです。

別の伝承によれば、半蔵正成は十六歳の若さで、三河国西郡宇土城《うどじょう》を夜討ちし、手柄をたてて、両しのぎの槍を賜わったといいます。この時、半蔵を助けて働いたのは、甲賀の忍びです。伴太郎左衛門という甲賀者で、彼は忍びながら合戦名人でした。

宇土城に潜入した八十余人（一説に二百八十人）という大人数の忍びは、深夜火を放ち、無言で城兵を斬り、裏切り者が出たと叫びまわって混乱を起こします。宇土城主鵜殿長照《うどのながてる》は討たれ、城は落ちました。

家康は元康と名乗っていた若い頃から忍びの有効性をよく理解していましたが、それは半蔵の父浄閑斎の教えであったのかもしれません。

半蔵はその後、元亀三年（一五七二）武田信玄との戦い「三方ヶ原合戦」で再び武功をあげ、大身の槍を賜わります。次いで百五十人の伊賀者を配下として預けられたといいますから、その頃の徳川家には、すでにそれだけの忍びが集っていたようです。

この忍者たちを指揮して半蔵は、徳川家に仇なす敵の忍びを次々に摘発していきました。前記、三方ヶ原合戦の直前にも、曳馬《ひくま》（静岡県浜松市）に潜入した竹庵《ちくあん》という武田信玄配下の手練《てだ》れを討ち取ります。この者は僧形ながら、よほどの武芸者でもあったらしく、常に相州広正《そうしゅうひろまさ》の脇差を所持していました。半蔵はその刀を己のものとし、また家康から甲冑と采配も拝領した、と江戸時代の記録『寛政重修諸家譜《かんせいちょうしゅうしょかふ》』に記されています。

半蔵が三十八歳の頃。家康の嫡男信康が、信長の命令で切腹させられる、という事件が起きました。家康の正室築山殿《つきやまどの》と、子の信康は武田側の内通者である、と織田家に密告する者がいたのです。

密告者は、信長の娘で信康の妻徳姫《とくひめ》でした。

自害する信康の介錯役は、半蔵と天方通綱《あまかたみちつな》と定められましたが、半蔵は刀を下ろすことが出来ず、代わって天方が首を落としました。

これが運命の分かれ目。天方は家康に疎まれて僧となり、高野山に去ります。半蔵は主人を斬らなかった忠義の者として、徳川家に残りました。

その三年後の天正十年（一五八二）六月。信長が本能寺で死にます。家康は彼に招かれて、ちょうど国際都市堺にいました。僅か四十人の家臣を率いていたに過ぎません。

一時は進退極まり、自害まで考えた家康でしたが、勇者本多忠勝《ただかつ》が、

「生きて領国に戻り、兵を集めて明智光秀を討つことこそ、徳川の道でござる」

と、説得したため一同は近江から伊賀に抜け、伊勢白子の津から船で三河に戻る計画を立てました。これが後に「神君伊賀越え」と呼ばれた逃避行です。

このコースは非常に危険でした。信玄の娘婿で武田家を裏切った駿州江尻城主穴山梅雪《ばいせつ》は、家康と前後して東に逃れましたが、山城国宇治田原（京都府綴喜郡）で落武者狩りの犠牲となっています。

家康一行も山城・近江の国境いで一揆勢数百人に囲まれました。しかしそのたびに本多忠勝らが切り払って、危ういところを脱します。

この間、半蔵は伊賀に走り、伝手を利用して土地の者たちに援助を依頼しました。たちまち三百人ほどの護衛志願者が集まってきて、三日後、無事に伊勢の浜へ出ます。

しかし、後に徳川家が編纂した「伊賀越え」資料には、不思議なことに半蔵の名がほとんど記されていません。

同行の商人茶屋四郎次郎《ちゃやしろうじろう》が行く先々で銀子をバラ撒いた話や、信長の小姓長谷川竹丸の活躍ばかりが載っているのです。これはなぜかわかりません。

服部の家の教えに、忍びを差配する者は、

「音も臭いもなく、知名もなく、勇名もない者を上《じょう》とする」

というものがあります。半蔵は、これを守り、あえて己の功を語らなかったのではないでしょうか。

しかし家康は、彼の働きを忘れていませんでした。伊賀越えの難儀を支えてくれた忍びたちを召し抱える際、改めてその組頭に半蔵を任じます。

これによって服部家は、古くから傭われていた百名、伊賀越え恩顧の者百名（内十名は姓名不詳）。彼らを指揮する与力三十騎の頭となりました。

忍びたちは同心身分です。伊賀越えの者は特に「鳴海《なるみ》伊賀」と呼ばれました。それは、家康が彼らを尾張国鳴海（愛知県名古屋市）に呼び出して労をねぎらった故事によるもの、とされています。

豊臣秀吉の命令で、家康が旧領を召し上げられ、草深い江戸に移されると、半蔵は八千石の大身として、江戸城搦手《からめて》の麴町口《こうじまちぐち》防備を担います。伊賀同心二百人の守る門も半蔵門、と呼ばれました。よく、この門を、

「日本に渡来した象が半分しか身体が入らなかった門だ。本当は半象門」

と言う人がいますが、これは江戸っ子の駄ジャレに過ぎません。

半蔵は慶長元年（一五九六）十一月、五十五歳で亡くなります。子は三人あり、長男の半蔵

正就《まさなり》は家康の姪を妻にして、父の遺領八千石の内五千石と、伊賀同心二百人を引き継ぎます。

ところが、この父と同名の長男は、我が儘な男でした。

配下の伊賀者を自分の屋敷造りにこき使い、言うことを聞かぬ者の給米（役料）を減らしました。また家の者が使役に出ている隙を狙ってその妻や娘に不埒な振舞いを仕掛けたり、果ては刀の試し斬りにする始末。

忍びたちは奉行所へ訴えると同時に、武装して、笹寺という寺院に立て籠もりました。これは伊賀国一揆の伝統をひく行動でしたが、今日、労働史の中でも江戸初の被雇用者によるストライキの始まり、とされています。

江戸幕府の考えでも、伊賀者は同心（下級士分）として、公儀から支配役に指揮をまかせている存在です。正就の私的な部下ではありません。彼らの給米を勝手に削ったり、家族に非道を働くのは心得違いでした。

奉行所はストライキ会場の寺を包囲して、説得します。数日間、睨み合いの末、ついに公儀は折れて、

「慶長九年（一六〇四）、ゆえありて（正就）御勘気《ごかんき》蒙《こうむ》り、松平隠岐守定勝に召しあずけらる」（『寛政重修諸家譜』）

正就は妻の実家へお預けの身となりました。

伊賀同心たちは、他家へ分散して所属と定められますが、ストライキを起こした罪は免れることができません。首謀者十名が罰を受け、中の二人は死罪と決します。ところが、二人は、忽然と姿を消しました。

このあたりが忍びと、何事も上の命令を受け入れる一般武士との違いでしょう。

正就とこの二人には、以前から因縁があったという話も伝わっています。正就は二人の報復を恐れるあまり悩乱し、路上で似た男を斬り捨てます。これが大目付の知るところとなり、彼は改めて謹慎処分となりました。

しばらくして大坂の陣が始まります。この恥をすすごうとする正就は、松平定勝配下として出陣します。しかし、戦場で行方不明。死骸が出てこないとなれば、敵前逃亡の汚名も着てその家は廃絶です。

多くの歴史作家は、大坂の陣へ出た忍びたちが、正就の遺骸を何処かに隠したのだろう、と書いています。

正就には正重《まさしげ》という弟がおり、家康も服部家が絶えることを惜しんで、半蔵を名乗らせます。

しかし、この弟の妻は、幕府の大悪漢と呼ばれた金山採掘の達人大久保長安《ながやす》の娘でした。

長安の死後、一族が不幸な末路をたどる中で正重も、諸大名の間を転々とします。彼の子孫は五つの家に分かれ、何とか旗本として面目を保ちますが、服部半蔵の輝かしい姿は、もはやそこにありませんでした。

十五、百地三太夫と百地丹波

百地三太夫《ももちさんだゆう》は、伊賀で最も名が知られ、しかもその正体がほとんど不明という人です。筆者が子供の頃にも忍者ブームがあり、テレビ・映画には、必ずと言ってよいほどこの人が登場しました。妖術使いの老人であったり、常に悪計を企む闇組織の首領であったり、といったイメージで描かれていました。

百《ひゃく》という字をもも（百々と書いた時はどど）、と読むことを知ったのも、この人のおかげです。

大人になって、ある事から三太夫さんを調べることになった時、その個人資料の、あまりの少なさに愕然としました。

三太夫の名で調べると、江戸時代以前の資料が全く出てこないのです。その資料の内容というのも、あの盗賊石川五右衛門に関係したものばかりでした。

『賊禁秘誠談《ぞっきんひせいだん》』や『絵本太閤記』によれば、

「河内石川郷に生まれた五郎吉《ごろきち》（五右衛門）が、伊賀の百地三太夫なる郷士の家へ奉公に上がり、名を文吾《ぶんご》と改めた」

という話から始まります。百姓身分の者が武家に勤め、その間のみ侍風の名乗りをするのは、俗にサンピン侍（三両一分の給金侍）と言って江戸期の習わしですが、まあ、そこは目をつぶりましょう。ここに出てくる三太夫は年六十あまりの老人で、孫ほども年の離れた妻がいます。妻の名は「お式《しき》」といい、以前は都の花山院に仕えていました。仔細《しさい》あって三太夫の後妻に収まったのですが、宮廷の女官あがり。その美しさは霞の間からほころび出た紅梅のごとく、物言えば花に戯れるウグイスに似るといった塩梅。石川文吾は、その妻に心を寄せて、ついに不義の間柄となります。ある時、三太夫が留守の間に、家の金八十五両を盗み、お式と手に手を取って逃亡しました。

石川五右衛門伝の異本には、家に戻った三太夫が気付いて国境いに出ると、ちょうど山の彼方を走る男女の姿が見えます。三太夫は、若い妻を男に盗られた悲しみと、妻の行く末を案じて一句詠んだ、とされています。

何とも情け無い、しかし心やさしい老人として、ここでは描かれています。

百地氏は実際に存在した一族で、天正伊賀の乱には、織田兵と果敢に戦った記録も残っています。残念ながら三太夫という名を記した文書は、今のところ見出せません。しかし、伊賀の地には、この百地氏とその妻に関わる別の伝説も存在するのです。

伊賀国山田郡の喰代《ほおじろ》には、百地氏丹波砦の跡があり、そこに樒塚《しきみづか》と名付けられた塚が残っています。『三国地誌』には、

「昔、この地に百地某《なにがし》という者がいた。都へ務めに出た際、懇意になった女がいた。任期が明けて国に帰る時、女も後を慕って伊賀に走った。ところが、百地が途中遅れている間、女が先に彼の館へ着いてしまう。百地の本妻が嫉《ねた》み、家の者に命じてその女を殺して某所に埋め、皆に口止めした。しかし女の犬（この女は犬を伴に旅したらしい）が、埋めた場所を教えた。百地はその遺骸を得て大いに悲しみ、改葬して樒《しきみ》の木を植えた。これが塚の由来である」

と書かれています。樒はモクレン科の常緑樹で、香りが良いため仏前に備えますが、実は猛毒で「悪《あ》しき実」が名の由来とされています。なお、この塚には、

「白河院の御宇《ぎょう》（在位一〇八六―一一二九）、源為義に仕えた式部丞《しきぶのじょう》朝行《ともゆき》という武者の墓である」

別命「式部塚」と称す、という別の伝承も残っています。

百地と名乗る武士が都に上っていたエピソードは、同じ喰代の地にある東峯山観音院（永宝寺）にもあります。

「北面の武士として百地丹波泰光《やすみつ》という者が都に上っていた頃、御所に妖狐が現れ、天に七つ

の月を見せる異変を生じさせた。時の白河院は悩み、その退治を命じられた泰光が弓を上げて七ツ月のひとつを射る。と、これが妖狐の本体であった。院は車に積んだ矢一千筋を恩賞に下す。この名誉に、泰光は七ツ月を表す七曜紋に二枚矢羽紋を合わせて家紋とした」

東峯山観音院は白河院の勅願寺であり、北面の武士は院の護衛官。しかし、この話は、服部平内左衛門（本章第五項参照）の家紋伝承とそっくりです。名著『忍者』でも筆者戸部新十郎は、こう書きます。

「もし、百地氏がこの伝説を創作したのではなく、多少の改変を加えただけだとすれば、そんな関係はたいそう簡単である。つまり、百地の祖もまた、平内左衛門家長であればよいのである。（中略）こういうわけで、百地氏も藤林氏（後述）と同じように、服部氏族の公算が大きい」

ちなみに現在、土地の歴史書やネットの記載では、百地氏の先祖は、大江氏系となっています。

大江氏は代々学者の家系でしたが、鎌倉初期、頼朝の側近だった大江広元《ひろもと》の子孫が武家として各地に広がりました。伊賀黒田荘の悪党もこの流れです。大族は嫁取り婿取りを頻繁に行ないますから、いつの頃か先祖伝承が入り混じってしまったとも考えられます。

百地氏の本拠喰代には、菩提寺《ぼだいじ》青雲禅寺という禅寺があり、江戸期のものとされる一族の墓や供養塔も残っています。

徳川時代、百地氏の末流は土地の豪農として残ったのでしょう。大盗賊石川五右衛門や三太夫伝説が世間に流布《るふ》する中、ここに住まった人々は、ずいぶん迷惑な噂に悩まされたでしょう。いや、忍者の末流は肝太いといいますから、案外こうした伝承を手玉にとって楽しんでいたのかもしれません。

この喰代は、山田郡を流れる久米川の川沿いにあり、下流は木津川に合流します。伊賀四郡の土豪たちが、北の六角氏、国主仁木氏、伊勢北畠氏と誼《よしみ》を通じていた時期があると前に書きましたが、喰代の百地砦は六角氏と仁木氏の勢力が競り合う場所にありました。

信長の次男信雄が伊賀に侵入した天正六年の乱で、百地丹波はこの喰代から出撃したことが『伊乱記』には見えます。

ところが、当時の勢力図を眺めると、伊賀と大和の国境いに近い同国最南部、滝野柏原城にも百地の名が記されています。

このあたり名張郡一帯は、名張大江氏の拠点で、黒田荘の悪党もここの出です。

しかし柏原城の守将記録には、百地丹波の他に、同新之丞、同太郎左衛門の名も地元の侍として書かれているのです。これは一体どういうことでしょう。

研究家は、織田軍に喰代を落とされた丹波が名張の柏原城を頼ったと簡単に書きますが、新之丞たちの居た理由があとひとつ不明です。

可能性としては、喰代百地氏の分家として古く名張百地というものがあり、丹波は本家として彼らを指導していた、とも考えられます。

天正九年（一五八一）十月二十八日、兵糧攻めによって開城した柏原城の中に、百地丹波の姿はありません。『信長公記』の首獲り記録にもその名が無いところから、籠城中に死んでしまったか、忍びらしくうまうまと逃げのびたのでしょう。

喰代に子孫の墓石群が残るところを見れば、おそらく後者と考えるべきか、と思います。

十六、藤林長門という忍び上手

三重県伊賀市の東湯舟《ひがしゆぶね》には、近江に抜ける湯舟越えという峠道があり、このあたりの伊賀人は甲賀とのつながりが深かったようです。

藤林長門《ながと》は、ここに藤林の守堡《しゅほ》と呼ばれる砦を築いていました。

近くには鞆田《ともだ》荘という国内でも指折りの荘園があり、古く藤原民部卿《みんぶのきょう》という者が支配して、その子孫は一帯にはびこっていた、とされています。

藤林長門も民部卿の血筋らしいのですが、民部卿そのものが謎の存在ですから、長門守の素姓もはっきりしません。

しかし、多くの資料には、百地氏、服部氏と並ぶ伊賀三上忍の一人に数えられ、「中忍三十から四十家、下忍に至っては三百余人」（『万川集海・藤林本』）と具体的な配下の人数まで記されたものも見受けられます。動員数から見れば、立派な伊賀の忍び頭領ですが、さてそれも本当のことなのでしょうか。

ともあれ、藤林長門の戦歴を見ると、注目されるのが、近江沢山《さわやま》攻めです。室町の頃、近江国では佐々木氏系の京極氏、六角氏が南北に分かれて互いに守護の座を争っていました。

正確な年代は不明ですが、六角氏に叛した近江沢山城の百々《どど》氏を攻める手助けを、長門は依頼されます。

沢山城は織豊期、石田三成が大改修をほどこし、天下の名城佐和山《さわやま》と謡われましたが、この当時は小振りな城でした。

長門は四十八人の忍びを放ったといいます。

彼らは百々家の袖印（鎧の袖に下げる小旗）を付けて夜間城に入り、警備の兵に似せて堂々と歩きまわっては放火し、六角勢を招き入れます。後の人々はこれを、伊賀の「妖物術《ばけものじゅつ》」と言いました。妖怪に化けたのではなく、単に敵兵に変装した、といった程度の話です。

沢山の城は瞬時に落城し、六角承禎は勝利に満足しましたが、その功は忍びを現地で直接指揮した「中忍」楯岡道順《たておかのどうじゅん》という者に帰す、としました。

藤林長門は、何も語りません。

「人の知ること無くして巧者なるを上忍とするなり」

という忍者頭領の心得を、しっかり守った人だったのです。

天正伊賀の乱の活躍も、さほどには伝えられていません。このため、近江甲賀衆と仲の良かった長門は、侵攻が始まった時、いち早く織田方に付いたのではないかという説さえあるのです。

さらに奇怪な話があります。東湯舟に建つ藤林長門の供養塔には「本覚深誓信士之墓」の文字があり、一方、喰代の青雲禅寺に残る百地丹波の墓は「本覚了誓禅定門」とあって、両者は同一人物ではないか、というのです。

信士と禅門は、浄土宗と禅宗の違いですから仕方無いとして、その上の四文字は僅かに一字違いです。これが忍びの技に言う「四方髪《よもがみ》」。即ち、同一人物が身を守るため、長期間別人に成りすましていた証拠とされ、現在でもこれを信じる研究家は多いようです。

江戸時代。元禄文化開花直前の、延宝四年（一六七六）に著された忍術秘伝書『万川集海』

の筆者佐武次保武《さむじやすたけ》は本姓が藤林で、伊賀上野城の藤堂家に仕えた人です。

実はこの人が藤林長門を世に出したのです。その姓、元は「富士林」と書き、佐武次以後、藤林と改めた、と『忍者』の筆者戸部新十郎は指摘しています。

さらに、さらに。『万川集海』の五年後、延宝九年（一六八一）に書かれた名高い『正忍記』は、紀州徳川家のお家流忍術書ですが、この本をあらわした名取《なとり》三十郎正澄《まさずみ》は、別名藤一水子《ふじいっすいし》正武と称し、また藤林長門の子孫だったとも伝えられます。その証拠は、藤一水の字を崩して続き書きすれば、藤林になるというのです。

『正忍記』では伊賀流ではなく、南北朝時代の楠木流斥候術から発展した新楠木流を掲げています。

しかし、この新楠木流、別名を名取流と称する紀州忍法は紀州に逃れた百地丹波が、紀州雑賀《さいか》や根来《ねごろ》に伝えた技も含めているといいます。しかも近年の研究では、『万川集海』の著者藤林佐武次保武と『正忍記』の名取三十郎正澄は、兄弟あるいはごく近しい親戚と推定されているのです。

ここにも百地と藤林の密接過ぎる関係が見え隠れしています。

忍者は、こうした部分だけ取って見ても、実に複雑怪奇な存在であることがわかるでしょう。

十七、伊賀の「名人」

上忍たちの伝承と異なり、伊賀に伝わる中級・下級の忍びたちの物語は、単純なものばかりです。

まるで、田舎の老人たちが炉端で語る頓智噺《とんちばなし》にも似ていますが、本来の忍法譚とは、実はこういう素朴なものが中心であったと想像されます。

その幾つかを紹介してみましょう。

まず、楯岡道順。この人の本姓は、伊賀崎《いがさき》です。彼が藤林長門の命令で、近江沢山の百々氏を攻めることになった時、占い師を招きました。

やって来たのは湯舟の里でも名高い陰陽師、平泉寺の宮杉《みやすぎ》という者です。

宮杉が紙を切って御幣《ごへい》を立て、暦《こよみ》をめくって日時を確かめると、

「寄手の攻め日は、雷雨しきりなり。ただし、夜討ちに吉」

と出ます。道順は大いに喜び、歌を詠みました。

沢山《さわやま》に百々《どど》となるいかづちも

いがさき入れば落ちにけるかな

まずい歌ですが、敵と自分の名が何とか織り込まれています。戦さ神には和歌を奉げる、という故事を知っていた道順は、見事夜討ちを成功させました。

野村、現在の三重県伊賀町に住んでいた大炊《おおい》太夫（別名を孫太夫）は、敵対する近隣の土豪宅へ単身忍び込むよう命じられます。

その目的は窃盗であったか、火付けであったのか、わかりません。相手も忍びですから、住まいの近くに寄った時、早くも大炊太夫の気配に気付きます。土豪は戸口に向かって槍の穂先を向け、いつでも敵を串刺しにする構えをとりました。

大炊太夫は声色《こわいろ》の達人です。

「家の者に気付かれたようだ」

「引きあげるか」

「それが上策だ」

一人で何人もの声を使い分けて逃げる気配を見せます。家の者は追撃しました。入れ代わりに大炊太夫は家に飛び込み、まんまと目的を遂げた、ということです。

山田の八右衛門は、本姓が瀬登《せと》です。伊賀一ノ宮敢国神社の神人だった、という説もあります。その祭礼の初日、友人と賭けをしました。

「この祭りの間に、俺の腰にある打刀を取れるか」

「やってみよう」

八右衛門は、家に帰ると笠を被って、近所の大岩に座り、あたりを眺め始めました。友人は手下の者に彼の見張りを命じると、安心して敢国神社に向かいます。参詣人を掻き分けて拝殿に進み、神前の鰐口《わにくち》を鳴らして手を合わせました。

帰り道、参道まで出ると、向こうから八右衛門がやって来ます。手には布に巻いた細長いものを持っています。

「刀はどうしたね」

友人があわてて腰を見ると、差しているのは鞘だけです。

「中味はここだよ」

八右衛門は布に包まれた刀身を見せて、タネ明かししました。

友人が手下に見張らせていた八右衛門は、姿形を似せた替玉でした。本物の八右衛門は間道を通って敢国神社に入り、拝殿の下に隠れました。これは神社の関係者でなければ出来ない芸当です。

「そしてお主が鰐口を鳴らそうとした時、床下から手を伸ばし、刀を抜き取ったのだ」

友人はその手並に舌を巻いたといいます。

八右衛門が用いた術は「双忍《そうにん》」と称し、簡単な変装術に過ぎませんが、時と場所を心得ると、大きな効果を発揮するものでした。


新堂の小太郎も、野村の大炊太夫と同じ土地の出身者です。伊賀藤林配下十一人の内、二番目に数えられる名人でしたが、たいした話は残っていません。敵対する佐那具《さなぐ》の城へ忍び込んで、敵に見つかります。古井戸があったのを幸い、そこに石を投げ込むと、敵は小太郎が井戸に落ちたものと思い、集まってきました。その隙に彼は逃れます。ここには、小太郎の臨機応変な処置を褒める物語の他に、何やら深い話も含まれていたのでしょうが、伝わっているのはそこまで。

もっと単純な話もあります。上野の左《ひだり》という忍びも敢国神社近くに住まう者です。彼が若い頃、求められて名張の下山城に潜入した時。庭の真ン中で敵の見まわりと遭遇します。あたりは白砂を敷き石を置いただけの枯山水です。とっさに左は真言を唱え、身をかがめました。

石に化けた（つもり）のです。見まわりは、まさかそんな目立つ場所に堂々と忍びがしゃがんでいるとも思わず、行ってしまった、ということです。

十八、甲賀の人々

伊賀に少々、話が傾き過ぎたかもしれません。次は、戦国時代の甲賀について触れてみましょう。

寺社の荘園が強力に支配していた伊賀では悪党が出現し、その後、土豪が割拠する混乱状態に進みますが、甲賀は山深くとも近江に連なる土地柄です。早くから土豪の自治組織も整い、これが佐々木氏系の守護職に、ゆるい形で支配を受けました。

守護は、彼らの軍事力を恐れたのです。

その後、近江の所領は、六角氏から織田信長、信長から秀吉の家臣団や蔵入地（直轄地）に移行します。甲賀の自治制は、成し崩しに崩壊していきましたが、甲賀人の中には時の権力者へ巧みに取り入り、大名小名に栄達した者もいました。このあたりが保守的な伊賀人と大いに異なるところかもしれません。

甲賀忍びの特徴は、山岳修験者と強いつながりを持っていたことです。

甲賀には多くの山伏を受け入れてきた聖山がありました。特に役行者《えんのぎょうじゃ》（役小角）が開き、山全体が御神体とされる飯道山《はんどう》とその南に連なる岩尾山《いわお》、伊勢国との国境いにある油日岳《あぶらひだけ》は格別な扱いを受けていました。

油日岳にある油日神社には古代、山頂に油火のような炎を放つ大明神が降り立ったという言い伝え（おそらく隕石伝承でしょう）があり、甲賀の武人たちが崇拝するところでした。

山伏と関わりの深い職種は、鉱山の採掘と製薬業です。このふたつの商売は、特殊な知識が必要ですが利益率も高く、山伏身分の土豪には、内福な者が多かったといいます。彼らは商売を通じて中央の権力者と関わり、これは甲賀人の傭兵稼業より、よほど強い絆を作ることができました。

また機を見るに敏な甲賀人の中には、早くから土地を離れ、他国の大名に仕えて出世する者がいました。その代表的な人物が、織田信長の重臣滝川一益《たきがわかずます》です。

一益の出身地は甲賀郡大原荘とされています。少年の頃、当時普及し始めた鉄砲に興味を持ち、射撃法にいろいろ工夫を凝らしたといいますから、先見の明がある人だったのでしょう。

しかし、その手技が故郷を離れる原因となります。彼の一族に連なる高安《たかやす》という者を、鉄砲で射ち殺してしまったのです。そのやり方も、高安がさる神社に参詣の折、彼が着座する場所と射線が一直線になるよう背後の柱に穴を開け、銃口を固定して射殺したというのですから、手間がかかっています。一益の出自に触れた『勢州軍記』に、

「悪逆を致し、在所を追い出され、流牢《るろう》して尾張国に下る」

とあるのは、このことを指しています。尾張には一益の親族が暮らしており、そこを頼ったようです。落ち着き先は、同国でも最大の商業都市津島《つしま》でした。ここで領主織田信秀に拾われ、その息子信長の小姓となります。

信長も少年の頃から橋本一把《いっぱ》という師匠について鉄砲を習っていました。話の合う主従だったのでしょう。

領内で盆踊りがあった時、信長は女装して天女に扮し、一益は餓鬼の役で太鼓を打った、という話が『信長公記』に載っています。

ともかく桶狭間のはるか以前に信長の側近となっていたことは、注目に値します。

永禄三年（一五六〇）から急速に成長する織田家の中で、一益はそつなく任務をこなし、伊勢北畠討伐後は、北伊勢五郡を与えられ桑名《くわな》城主になりました。

大名になっても一益は、甲賀での心得を忘れていません。『遺漏《いろう》物語』には、織田家で石火《いしび》矢《や》（大砲）の操作を始めたのは、一益である、と書かれています。戦場で鉄砲が一般化した頃、

彼はすでに次のステージに進んでいたのです。

天正十年（一五八二）二月。武田氏を滅した信長は、一益に上野《こうずけ》一国と信濃の一部を宛てがい、関東諸国の監視役とします。織田家中では最大の所領と軍勢を動かす身上となったのです。が、このあたりが出世の上限でした。同年六月、本能寺の変で信長が横死すると、関東の雄、後北条氏と激突して敗れ、身ひとつで一益は伊勢に逃げ戻ります。

秀吉が台頭した時も、柴田勝家側に付いて敗れ、天正十二年（一五八四）の小牧・長久手戦では、秀吉が奪った尾張蟹江《かにえ》城を守りますが、家康に落とされます。この時、徳川方で大活躍したのは、服部半蔵率いる伊賀衆でした。

皮肉なことに甲賀の忍び上がりは、伊賀の現役兵に破れたのです。

一益が役立たずと見た秀吉は、僅か三千石の捨扶持を与えて越前国に追い払いました。

隠居の身となった一益は、天正十四年（一五八六）、越前大野で病死します。異説では、同国今立郡不老村を通過した時、秀吉の内意を受けた土地の者に謀殺された、とも伝えられます。それが本当ならば、最後の最後に至って一益は、一介の忍者と同じ死を得たことになります。

山中氏は「鈎の陣」で活躍した甲賀五十三家の筆頭でした。代々、山城守を称して没落した守護六角氏を助け、そのお家再興に心を砕きます。しかし、ある時、望みを断ちました。

天正元年（一五七三）、懇意の足利義昭が信長に追放されるのを見た当主の山中山城守長俊《ながとし》は、織田家に走り、宿老柴田勝家、丹羽長秀に相次いで仕えます。その後、秀吉に招かれて直轄領の代官となり、文禄年間、正式に山城守、従五位下の官位を得ました。

鉄砲隊の指揮官として優秀な上に、山中流忍術の元祖。また、祐筆《ゆうひつ》としても有能でした。晩年は『中古日本治乱記』という軍事史も執筆したと伝わりますから、多才の人と言って良いでしょう。

その後は豊臣家を離れることなく慶長十二年（一六〇七）六十歳で没し、子の幸俊《ゆきとし》（実際は孫）は豊臣氏滅亡後、芸州広島の浅野家に拾われました。血筋はここに残ったといいます。

和田惟政《これまさ》は、官位名が伊賀守・紀伊守ですが、甲賀の人です。「鈎の陣」に参加した名誉の五十三家のうち、特に功績があった二十一古士の家柄で、甲賀郡和田に暮らしていました。この地は現在の甲賀市甲賀町油日《あぶらひ》、油日神社と特に関係が深い土地です。

永禄八年（一五六五）、十三代将軍足利義輝が、三好三人衆と松永久秀に弑《しい》された時、その弟、後の十五代義昭を匿い、将軍家再興に活躍します。

永禄十一年（一五六八）、信長が義昭を奉じて上洛すると、惟政は信長の指示で甲賀衆を味方に引き込む工作を行ないました。

以後、織田家と義昭の両方に仕える形で、摂津国（大阪府北部と兵庫県南東部）三守護の一人となります。二人の主君に仕えることは兼帯《けんたい》と言い、同時期の明智光秀、細川幽斎《ゆうさい》と同じです。

永禄十三年（元亀元年・一五七〇）、三好三人衆が将軍義昭を京に襲った時は、奉公衆の一人として奮戦し、信長を喜ばせます。しかし、直後から義昭と信長の確執が露わとなり、惟政は両者の板挟みに苦しみました。

翌年、三好配下の池田重成《しげなり》と戦い、武運つたなく討ち死に。全身に銃弾を浴び、刀瘡は数えきれなかった、といいます。

惟政は禅宗で洗礼こそしなかったものの、所領内に暮らす宣教師を保護したため、配下の者に信者が増えました。後のキリシタン大名高山右近もその一人です。

高山一族は後に惟政の家督を嗣《つ》いだ嫡男惟長《これなが》と争い、和田氏の摂津高槻《たかつき》城を奪います。イエズス会士ルイス・フロイスは、『日本通信』の中で惟政と高山氏をほめたたえ、息子惟長についてはあまり好意的ではない一文を残しています。これは甲賀油日神社の信仰を捨てなかった惟長への、敵意の表れでしょう。

少なくとも惟長は、父よりも甲賀人としての心情を強く維持していたものと思われます。

後に彼は徳川家に仕えました。弟の定利《さだとし》も家康の伊賀越えを手助けした功で、ともに江戸の旗本となって家をつなぎます。

伊賀者と「神君伊賀越え」の物語は無数にありますが、甲賀者が関わった伊賀越えのエピソードは数えるほどしかありません。和田定利の話が出たついでに、そのあたりの伝承にも触れておきましょう。

家康一行が伊賀国柘植を抜け、伊勢の国境いに足を踏み入れたのは、天正十年（一五八二）六月四日。本能寺の変が起きて二日後のことです。

加太越えと呼ばれる峠道で、伊賀者の護衛から任務を引き継いだ甲賀衆は、加太の土豪で坂《さか》治左衛門という者の屋敷に家康を導きます。

途中、烏山《からすやま》という土地にさしかかったとき、何処からか鉄砲が射ちかけられました。治左衛門は、刀を抜いて藪に飛び込み、狙撃者を追い払いました。

家康はその場で矢立を取り出し、治左衛門の働きに千二百石の扶持を与える旨、書状にして渡します。

しかし、家康はこの治左衛門にも心を許さず、坂家の屋敷を避けて、近くの寺に籠もりました。その上で、

「加太の者どもを、一人残らず討って取るように」

と、定利たち甲賀衆に命じたのです。加太は伊勢鈴鹿の関《せき》一族ですが、北に甲賀人の信仰する油日岳を控え、これも甲賀衆の端に連なっています。

「このような時は、地者《じもの》（田舎者）の常で、褒美目当てに敵対する不心得者が、必ず出てくるものです」

治左衛門は家康に弁明しました。

「多くの加太衆は叛意無き者ども。不心得者の代償に、拙者の首をお刎《は》ね下さい。もちろん、千二百石のお墨付きはお返しいたします」

ついには己の命を差し出すとまで言ったため、家康も命令を取り下げました。加太の者は以来、坂家の恩を忘れなかったといいます。実直な甲賀者もやはり忍者の流れで、表裏比興《ひきょう》の者のいたことが、この話でもよくわかります。

伴《ばん》、という一字姓の家も古くから徳川氏とつながりを持っていました。ただし主従関係ではなく、あくまで傭いの立場を守ったようです。桶狭間合戦の後、今川家の頸木《くびき》から解き放たれた家康は、永禄四年（一五六一）の八月頃から、義元の子氏真《うじざね》の属城を次々に攻め落とします。特に翌年一月、織田家と同盟を結ぶと、彼の動きは加速しました。

そのひと月後、家康が狙ったのは、西三河上ノ郷《かみのごう》（西郡《にしごうり》）の鵜殿長持《うどのながもち》、長照《ながてる》親子が守る城です。鵜殿氏は今川家の重臣で、長持の妻は義元の妹でした。

この時、家康の妻と二人の子供は今川方に人質となっています。家康は鵜殿氏のいずれかを捕らえ、人質交換のタネにすることを考えました。

この複雑な作戦に、正面からの城攻めは不利でした。そこで甲賀衆と懇意にしていた家康家中の戸田三郎四郎と牧野伝蔵が甲賀伴谷《ともだに》（甲賀市水口町）に走り、伴太郎左衛門に助勢を求めました。

一説に二百八十余名、という大人数の忍者が投入された理由には、こうした背景があったのです。

同年二月四日の夜。甲賀忍者の集団は城の各所を焼き、同士討ちを誘発。鵜殿長持は、伴一族の一人、伴与七郎に討たれて、長照は自害。長照の子二人は捕らえられました。家康はこの二人と、自分の妻子を交換することに成功します。

その後も家康は何事かあるたびに、伴一族を頼りました。

伴一族は徳川氏ばかりか、織田信長の仕事も受けていたようです。伴太郎左衛門は安土城に伺候《しこう》し、饗談《きょうだん》（諸国の情報を伝える役）をこなしました。

天正十年（一五八二）六月二日。本能寺の変が起こった時、太郎左衛門は寺の厩《うまや》で寄手の明智勢と斬り合い壮絶な最後を遂げています。

伴太郎左衛門の親族に、左衛門尉《じょう》という少々紛らわしい名の者がいます。名を惟安《これやす》といい、何時の頃からか彼は伴一族より離れて、織田家中の森可成《よしなり》、その子の蘭丸《らんまる》に仕えました。

本能寺の変で蘭丸とその弟たちが討ち死にすると、惟安は安土に走り、蘭丸の母妙向尼《みょうこうに》と末弟の忠政《ただまさ》を甲賀に匿います。

この忍びらしい処置で忠政は命が助かり、後に美濃金山、美作《みまさか》津山の城主になりました。命の恩人惟安を、重臣として遇したということです。またこの惟安は、忍びの他にも幾つかの顔も持っていたようです。蘭丸の父可成は、彼を合戦の際、小荷駄《こにだ》奉行に任じました。軍需物資を運搬するこの役は、戦地で乱波《らっぱ》や野盗に襲われることが多く、地味で危険な役とされています。

また、戦国時代の公卿、山科言継《やましなときつぐ》の日記『時継卿記』元亀元年（一五七〇）十月の項には、森可成と「大工」の伴左衛門尉が、山科家を訪問したことが記されています。ちょうど、信長による比叡山焼き討ちの直後でした。森家は京で何かの普請に関わる仕事をしていたのでしょう。

惟安と息子惟利《これとし》はその後、秀吉や家康の天下普請（公共工事）があるたびに、森家の普請役を務めます。

森家の美作津山城は、慶長十七年（一六一二）に完成した、五層五階天守を持つ城でした。元和元年（一六一五）武家諸法度によって外様大名の締めつけを強化する幕府は、森家に対しても不穏な動きを見せ始めます。

森忠政は、幕府へ恭順の意志を示すため、津山城天守閣の縮小を命じました。この時、伴惟利は「一夜」で江戸から津山に駆け戻り、五層天守を四層に作り替えて事無きを得た、と『美作略記』には書かれています。

迅速な行動と作事能力の高さは、伴氏一族が有能な甲賀者の末である事を示しています。

山岡氏は近江勢多《せた》城主として琵琶湖の南端を押さえ、本能寺の変直後、光秀が安土に向かおうとした際は瀬田の唐橋を焼き落とし、足止めした律義者として評判をとりました。

その勢多城主の弟で山岡景友《かげとも》という者がいます。

三井寺に入って光浄院と名乗った後、十五代将軍義昭に仕え、秀吉に拾われてお咄《はなし》の者（御伽衆）となり、道阿弥を称しました。

秀吉の死後、家康と誼みを通じ、関ヶ原の折は道阿弥も東軍として伊勢長島城を守ります。

彼の弟景光《かげみつ》は、伏見城に甲賀衆百人の指揮者として入りますが、西軍長束正家《なつかまさいえ》の弟玄春《げんしゅん》の策略により、人質に取られた甲賀衆の妻子を殺され、城も落ちました。

道阿弥は関ヶ原の直後、逃げる長束正家を追って、彼の居城水口《みなくち》を攻め立てます。水口開城後は玄春を捕らえて斬り、弟景光と甲賀衆の仇を討ちました。

家康はそれを誉めて、新たに甲賀者の差配役に任じ、九千石を与えます。この道阿弥には、他にも隠れた功績がありました。関ヶ原開戦の直前。密かに近江へ配下二人を放ち、同国柏原に滞在する小早川秀秋《ひであき》へ面談させたのです。

この時、道阿弥は印として、かつて秀秋が彼に贈った真紅の腰当（刀がずれぬよう腰に当てる布の板）を使者に渡した、とあります。

使者は、家康の密命を伝えましたが、これこそ秀秋に西軍から寝返りを求めるものでした。道阿弥は、天下分け目の戦いで東軍勝利の一役を担った、影の功労者でもあったのです。

多羅尾《たらお》という変わった名の一族は、焼き物で知られた甲賀郡信楽から出ました。室町時代の嘉元元年（一三〇三）、関白近衛家の庶流が、同地の荘官として赴任したのが始まりで、いわば名族の末です。

これがいつから忍び技を覚えたのかは謎ですが、約百八十年後「鈎の陣」の後に、夜討ちの巧者として六角氏から感状を受けています。

伊賀の乱では織田方の道案内として働き、「神君伊賀越え」でも、家康を信楽荘へ迎え入れます。

その後、当主の光俊《みつとし》は名家好きの秀吉に見出され、養子秀次《ひでつぐ》に配されて八万石を得ました。

しかし、秀次失脚後は隠栖《いんせい》を余儀なくされ、某所に籠もります。

それを知った家康は、自分が正二位内大臣に叙任された後、二百石で召し出し、秀吉の死後は、息子の光太《みつもと》を故郷信楽の荘官に任じました。

慶長十四年（一六〇九）、多羅尾光俊は、九十六歳で世を去ります。

忍者の頭領にしては、古来希に見る長寿に、改めて人々は驚きました。が、彼が時々の権力者のために行なった仕事は、ほとんど語られることなく闇に埋もれてしまったということです。

十九、全国各地の忍び集団

地方にも独自に発達した忍びのグループが存在しました。

これらは、各地の有力者が、伊賀や甲賀から人を招いて、配下の者に手技を学ばせたものがほとんどですが、中には悪党の中から自然発生的に生まれたもの。放浪する職人や芸人が武装化したもの。寺社が自衛のために飼っていた集団が傭兵化したものも含まれます。

いずれも、絶え間無い戦乱の中で進化し、体系化されたものです。地方の有力者が必要に応じてそれぞれの現場に投入しました。

記録に残るその幾つかを書き出してみましょう。

甲斐の武田信玄は、よく忍びを用いて遠国の情報を集めていたために、

「足長坊主《あしなが》」

と呼んで他国の者は恐れた、といいます。

まるで海中に潜む蛸をイメージさせる渾名《あだな》ですが、その「足」となった人々は「透波《すっぱ》」あるいは「三《み》つ者《もの》」と呼ばれました。

透波の語源はいまひとつ不明ですが（後で少し触れます）、三つ者は、探り、謀《はかりごと》、内部に潜む敵の発見の三役を表します。

その最盛期、武田家では二百人の忍びを四人の「むかで衆」の下に置きました。

むかで衆は、戦場で百足《むかで》の旗差物を鎧の背に差し、信玄の言葉を諸将に伝えてまわる御使い番です。彼らは武田家中で最も大事にされた金掘《かなほ》り衆の中から武芸に優れた者を選抜した、といいますから、配下二百人の忍びも、金鉱採掘の技術者集団から分かれたものかもしれません。

では、それ以前。信玄が若年の頃はどうであったか、といえば同家が召し抱えた忍びは三十人ほどであった、と『甲陽軍鑑《こうようぐんかん》』には書かれています。その現代語訳には、

「信濃の国から召し出した透波七十人の中から特に身体の頑丈な者三十人を選び出し、その妻子を人質に取り、重臣の甘利《あまり》備前守、飯富《おぶ》兵部《ひょうぶ》、板垣信形《いたがきのぶかた》、右三名にそれぞれ十名ずつ預けて、信濃の敵陣に潜入させた。すると三つのグループは、それぞれ二人ずつ情報を持って甲斐に戻ってきた」（同書・品の第二十一）

とあります。

これは天文十一年（一五四二）、村上義清《よしきよ》とその余党による甲斐・信濃国境い制圧に対処するためのものでした。

若い信玄は、透波の情報をもとに朝駆けで敵に先制攻撃を与え、九度の波状攻撃でついに敵を撃退した、とされています。

大人数の忍びから、少数の手練《てだ》れを選抜するという独特の方法は、他の資料にも見えます。

『武家名目抄』には、美濃出身の透波約二千名の中から変装名人の「六平」、早駆けの「小八」を信玄が採用したところ、信州海津《かいづ》城を守る高坂《こうさか》弾正昌信《まさのぶ》が、

「その二人を我が手にお預け下さい」

と願い出た話が出てきます。美濃の木曾川流域にはその頃、諸国に出て稼ぐ傭兵集団のあったことが、他の資料にも見えます。

高坂弾正は、預かった六平と小八の母や妻子を海津城で人質に取り、五人ずつ手伝いの透波

を付けて隣国越後に放ちました。

この十二人の潜入者は、武田の宿敵上杉謙信の動向を、月に六回甲斐に伝えたということです。


御屋形様《おやかた》（総大将）信玄に直接仕えることのない忍びもいました。

武田家の重臣小山田信茂《のぶしげ》は、富士浅間《せんげん》神社の下級神官二十人を透波として利用し、独自の情報網を作りました。この二十人は「御師《おし》」と呼ばれる富士登山の宿坊経営者で、また、御札を配って歩く役目を担っていました。これなら怪しまれず諸国往来ができます。

この富士御師の他にも、信玄の親族望月《もちづき》氏の妻が組織した三百人の「歩き巫女《みこ》」集団。信州先方衆《さきかた》に属する山伏の組織などがあり、その総数は大変なものであったと思われます。

当然、それらがバラバラに情報を持ち帰れば混乱が生じます。また、組織が巨大化すると正体不明、胡乱《うろん》な者も入り込む危険がありました。

信玄は家の法令『甲州法度《はっと》』に、神官や山伏は勝手に主取り《しゅど》（家中の侍に仕えること）をしてはならない。また、

「内儀を得ずして他国へ音信、書札《しょさつ》を遣わすこと一向に停止《ちょうじ》せしめおわんぬ」

透波の者が勝手に他国へ、書状や物品を送ることを禁じた条項を加えています。即ち、情報

が拡散しないよう心掛けていたのです。

武田家の透波は集団で動くため、なかなか個人名が現れませんが、江戸時代初期の奇譚集『伽婢子《おとぎぼうこ》』には「くまわか」という者が登場します。

重臣飯富兵部に預けられた十人の忍びの一人。韋駄天《いだてん》と渾名されるほどの駿足でした。信州割ヶ岳《わりがたけ》に出陣した飯富兵部が忘れた軍旗を、甲斐まで取りに戻り、二刻（約四時間）で六十四里（約二百五十六キロ）走ったとされます。また、信玄の手元から貴重な『古今和歌集』が盗まれた時は、雪の中についた足跡が逆歩きと見抜き、盗賊を捕らえたと書かれています。「くまわか」の物語は、そのほとんどが創作臭いのですが、そのモデルとなった実話があるようです。

永禄九年（一五六六）二月。信玄の暮らす躑ヶ崎《つつじがさき》館の寝所から『伊勢物語』が消えました。もともとこの歌物語は、今川義元の所有です。

天文二十三年（一五五四）、甲斐・駿河・相模三国の同盟が成立した時、その貸し出しを義元は約束し、永禄三年（一五六〇）尾張出陣の直前、甲斐に送りました。義元はその後、桶狭間で命を落とし、歌物語は自然武田家のものとなります。

ところが、義元の遺児氏真がある日、歌物語の返却を強く求めてきました。信玄も、その処置をどうしたものかと考えていた矢先の、本紛失であったのです。

「事は武田家の面目にかかわる。早々に盗人を捜し出せ」

信玄ばかりか、その嫡男の義信《よしのぶ》も配下に犯人捜しを命じます。義信の妻は義元の娘でしたから、彼にとって『伊勢物語』は義父の遺品でもあったのです。

その頃、義信の妻が今川家から連れて来た侍女《じじょ》が一人死にました。その補充に、甲斐生まれの娘を一人奥に入れます。

この娘はよく働きましたが、奇妙な癖がありました。よくしゃべり、気が昂《たかぶ》ると侍女仲間の下半身をさわるのです。当時の女性たちは下着というものを着けていませんから、これには皆、たいそう困りました。侍女の差配がたしなめると、娘は、

「女の心の良し悪しは、下《しも》の形に表れます。私は真の友となるため、そこに触れるのです」

おかしな言い訳をして皆を呆れさせました。

数日後、娘は透波を束ねる飯富兵部のもとへ行き、こう言います。

「我は信州望月殿御妻女の配下なり。別命を受けて新屋形《あらやかた》様（嫡男義信）の御寮人（正妻）に仕えて候」

娘が女透波と聞いて驚く兵部へ、さらに驚くべきことを口にします。

「ここ数日来、新屋形の女たちを要突《かなめづ》きしてその動きを確かめましたが、中に一人動じぬ者

がいました。二度要をかわし、三度目にようやく要を突かせました。調べましたところ、この者の親は元北条氏家臣で某《なにがし》という者でした」

兵部は首をひねり、

「汝の言う要とは何か」

と尋ねると、娘は恥ずかしそうに答えます。

「要とは女性《にょしょう》の足のつけ根です。忍びは容易に急所を突かせません」

「なるほど、その女、相州の女乱波だな」

兵部は大急ぎで信玄のもとに行き、娘の報告を伝えました。信玄は顔色を変えます。

「その娘は、余《よ》が望月家から直接呼んだ者だ。事が事だけに、兵部にも秘密にしておいた。しかし、危ない。すぐに娘の後を追え」

兵部が新屋形に出向いた時は、すでに手遅れでした。娘と相州の女乱波は短刀を抜いて斬り合い、相討ちで二人とも死んでいたということです。

後に『伊勢物語』は義信の、妻の手文庫から発見されました。

妻はそれを知らず、義信も彼女を庇いましたが、口さがない家臣らは、今川の妻が実家のために歌物語を盗んだのではないかと噂し、これが信玄と息子の関係を危うくします。義信と守《もり》役《やく》の飯富兵部は幽閉され、翌年八月、二人は自害しました。

武田家の威信は大いに傷つき、相州小田原の北条氏は、大きな利益を得たということです。

この物語は、後に作家新田次郎が『消えた伊勢物語』（一九六八年四月発表）として、小説にも仕立てています。

女透波の話が出たので、これについても語りましょう。

伝承では、信玄の弟典厩《てんきゅう》信繁の次男信雅《のぶまさ》という者が、信州佐久《さく》郡の望月氏に入り、何処かの合戦で討ち死に。信玄はその後家《ごけ》の千代女なる者に忍びの頭領を命じた、とあります。千代女は信州小県《ちいさがた》郡禰津《ねづ》古御館に移り、戦災孤児や捨て子の中から見た目の良い少女ばかり拾いあげて、これに巫女としての教育を施します。その数、二百から三百人というのですから、ちょっとした女学校のようなものでしょう。

彼女たちは巫女の知識だけではなく、刀術、早駆け、変装、戦地での占い、果ては男のたぶらかし方まで教わって、各地に散りました。

武田家では望月千代女を「甲斐信濃二ヶ国巫女頭《かしら》」に任じましたが、これは信玄死後のことであり武田勝頼、あるいは信州真田家がその位を与えたという説もあるようです。

真田氏の本家、滋野《しげの》系海野一族も、古来「日本のヘソ」と呼ばれた信州生島足島《いくしまたるしま》神社の巫女たちを統率する家柄であったといいますから、千代女の物語はこの辺と混同された可能性がありそうです。

そういえば、これは架空の物語ですが、『真田十勇士』の中には、望月六郎、根津甚八《ねづじんぱち》（文字は違いますが）という千代女と何やら関係ありそうな名が含まれています。


武田家最大のライバル、越後上杉氏の忍びは、天文二十二年（一五五三）の第一回会戦以来、小競り合いも含めると計十回近い川中島合戦に参加しました。

おそらく、信濃の山中で武田の透波と壮絶な忍者戦を繰り広げていたのでしょうが、当然のことながら、その詳しい話は残されていません。しかし、永禄四年（一五六一）九月、川中島において最大の戦いが行なわれた時、その活躍は辛うじて記録されています。

「九月九日の夜に入りて、海津《かいづ》あたりの伏嗅《ふしかぎ》ども、妻女山《さいじょさん》（謙信の陣）へ来て申すは、甲州勢海津城を出て馬武具の音して川上へ行くと見候が、千曲川を渡すかと見え候と申す」（『北越太平記』）

敵方の海津城周辺に置いた「伏嗅」たちが、武田方の動きを察して、これを報告します。

この別動隊が妻女山の裏から上杉方を攻め、川中島に待つ武田側と挟み討ちする策、と知った謙信は、夜半のうちに山を降りて武田側を討とうとします。

武田側も十七名の忍び・物見を放って万一に備えていましたが、上杉方は出会い頭にこれを、全て殺害しました。

「一人残さず討ち止め候由、此の内に山本道鬼《どうき》もこれありと承《うけたまわ》り及《およ》び候」（同書）

この物見たちの中に、名高い軍師道鬼こと山本勘助が混ざっていました。大事な十七名を失った信玄は、計り事が破られたとも知らず未明、眼前に出現した上杉勢に驚愕する、という有名な物語につながっていきます。

山本勘助以下を討ち取ったのも、伏嗅と呼ばれる戦場往来の忍びでした。一方、平時の任務をこなしたのが「軒猿」と名付けられた人々です。のきざる、けんえん、と読みますが、これは猿が忍びを連想させるという説、古代中国の伝説にある皇帝「軒猿黄帝《おうてい》」（この場合の字は軒轅）が忍者の開祖であった故事による等の説が存在します。そもそも大将の謙信が、各地の人心風俗に関心を寄せ、自ら進んで調査することすら厭《いと》わぬ人でした。

彼がまだ少年であった天文十一年（一五四二）、胎田常陸介《はらだひたちのすけ》という者に奇襲されます。危うく栃尾城に難を避けた謙信。さらなる胎田の攻撃をかわすため、身を隠します。益翁《やくおう》という諸国修行の僧に伴われ、京に上ったのです。勧進僧の姿となり、父長尾為景《ためかげ》が討ち死にした越中国でその供養をした後、加賀・越前まで足を延ばして各地の城や民情を視察しました。

天文十七年（一五四八）に兄から家を譲られた後も「聞者役《もんじゃやく》」と名付けた者十人を四方に

放って、

「国々の善悪を具《つぶさ》に知り給へり」

と『北越軍記』には書かれています。

謙信のこの調査好きは、一向衰えることなく、国主となった後も山伏や勧進僧に化けて、徘徊していたことがわかっています。

これは真田信繁（幸村）の父昌幸が、信玄の密命を受け、信州と越後の国境いに潜入した時のこと。

戸隠《とがくし》山のあたりでひと休みし、あたりの風景を絵図にしていると、不意にその背後から、

「その描き方ではいかぬなあ」

声がかかりました。驚いて振り返ると、笈《おい》を背負い、白木の杖をついた若い僧が、笑いながら手元を覗き込んでいます。

「山の筋を描く時は、まず谷間の狭間《はざま》から描き始めるものだ。木々に隠れて見えぬところは、想像で描かず必ず己の足で確かめるのが、後々困らぬ心得というぞ」

青々とした髭の剃り跡を見せながら、その僧は親切に教えます。昌幸（この頃彼は、武田家で武藤喜兵衛と名乗っていました）は、こ奴、並の者ではあるまい、こちらの正体を見破られる前に殺《や》るか、と懐に手を伸ばすと、

「止めておけ。こちらの伸《の》べ鉄《がね》は寸が長いぞ」

笑いながら杖の握りを動かします。それは長尺の刃身を収めた仕込み杖でした。

「汝の正体はすでに読めている。このあたりには越後の軒猿が群れておるからな。まず、その辺で切りあげて、甲斐国主（信玄）殿のもとに帰るが分別ぞ」

「そつじながら、お手前は」

何者かと尋ねると、その僧はしれしれと笑って、

「親猿よ」

軒猿の親とは、つまり上杉謙信です。昌幸は総身の毛が逆立った、と『真田軍記』には書かれています。


忍者を「偸盗《ちゅうとう》」と呼ぶ者もいました。泥棒のこと、つまり蔑称なのですが、その延長線上に「透波」・「乱波」などの言葉もあったのです。

江戸の歌舞伎で流行った「白波《しらなみ》」もずばり盗賊の意味です。古代中国、後漢の時代を騒がした黄巾《こうきん》の賊が西河《さいか》の白波谷に籠もって略奪を繰り返したことから、以後、寄せては返す波が、盗っ人の代名詞になったようです。

また同じ波でも、透波はするりと隙を突くイメージですが、乱波は集団での大暴れを連想さ

せます。

戦国時代、各地にはびこる乱波集団の中でも特に名高かったのが「風魔《ふうま》」です。関東の後北条氏、初代伊勢新九郎（早雲）が伊豆を占領した頃から、彼らは間諜やゲリラ戦を請け負っていたといいます。その首領の小太郎の姿は、

「二百人の中にありてかくれなき大男。（伸）長七尺二寸（約二百二十センチ）、手足の筋骨あらあらしく、爰《ここ》かしこにむら瘤《こぶ》ありて、目は逆しまに裂け、黒髭にて口脇《くちわき》両へ広く裂け、牙《きば》四つ外へ出たり。頭《かしら》は福禄寿《ふくろくじゅ》に似て鼻高し」（『北条五代記』）

大声を出せば五十町（約五・五キロ）に達し、低い声は乾いて幽《ゆう》であった、とあります。

北条五代に仕えた小太郎も五代を数え、一説にその何代目かは女性であったといいますから、この化け物じみた姿も、ことさらに造った擬態《コスプレ》でしょう。

風魔の名も、もとは風間《かざま》、あるいは風祭《かざまつり》を称したようです。現在、小田原から早川沿いに箱根へ向かう私鉄線の沿線に「風祭」という駅があります。古くはその周辺に、彼らの拠点があったようです。

風の祭りは本来、収穫前の風害や、風が運んでくる疫病を防ぐものでした。地方によっては、高い竿の先に鎌と花を差して立てるところもあります、風間党は、そうした風祭をつかさどる宗教団体であった可能性が高いのです。

彼らの戦歴で最も有名なものは、天正九年（一五八一）駿河黄瀬川《きせがわ》の夜討ちです。国境いに布陣した武田方に押し入った二百余の風間党は、馬を放ち、分捕《ぶ》り、放火、同士討ちを誘発させます。武田方にも機転のきく者たちがいて、即座に髷《まげ》の元結《もっとい》を切り、引きあげる風間党の中に紛れ込みました。隙を見て大将級の者を殺そうとしたのです。ところが、あるところまで来ると風間の者は円陣を組み、特定の合図で立ち座りを始めます。その動きについて行けぬ者は敵と見抜かれ、皆斬られたということです。

これは風間党独特の「立《たち》すぐり・居《い》すぐり」という敵味方識別法でした。この話で注目すべきは、武田の者が元結を切る部分です。どうやら風間の者どもは、髷を結わず切り髪にしていたらしいのです。髪を肩に垂らすのは山伏の風俗ですから、彼らはその姿で乱波働きをしたのでしょう。

このように異様な話ばかり伝わることから、「風魔」など講談講釈の産物で実在しないのだ、と書く本さえありました。しかし、現在では実在を示す資料も幾つか発見されています。『小田原市史』の史料編には、元亀年間（一五七〇―七三）、後北条氏の発給した、風間党の名が記された印判状《いんぱんじょう》の文面が収録されています。

これは武州松山（埼玉県比企郡）近郊の村落に、風間党が乱暴狼藉を働くことを禁じたものです。これから察するに、彼らは味方の領内であっても、時に傍若無人な振舞いをしていたことがわかります。

小田原の役で後北条氏が敗れ、傭い主が消滅すると、風間党は当然のように野盗の集団と化します。天正十八年（一五九〇）以後、徳川氏が関八州に入部すると彼らは、千人、二千人とも称する大集団となって坂東一円を荒らしまわりました。

その最後は、甲州透波の密告によって頭立つ者が一網打尽となり、武州千住《せんじゅ》宿で磔《はりつけ》に処せられたと記録されています。並の忍びと異なり、戦場働きに特化した乱波は、平和な社会に溶け込むことが難しかったのでしょう。江戸がまだ草深かった頃の話です。

風魔のような宗教色の強い組織として、紀伊国（和歌山県）に跋扈《ばっこ》した根来《ねごろ》衆の存在も見逃すことはできません。

真言宗高野山派から平安時代に分離した新義《しんぎ》真言宗総本山、根来寺の僧兵です。高野山や天台宗の寺々と戦うために南北朝以後、彼らは急速に巨大化しました。

特に戦国時代に入ると積極的に鉄砲を導入し、僧形の傭兵と化して各地に出没します。

日本に来たイエズス会の宣教師たちは、根来衆を恐れてこう書きました。

「彼らは常に炎を背負った魔人の像（おそらく不動明王のこと）を崇拝し、教典を読まず武芸ばかり学び、全ての僧は日に一本の矢を造ることが義務づけられている。彼らの鉄砲の腕前も日本一である」(『ローマへの報告書』)

信長は初め一向一揆に対抗するため根来衆と手を結びます。しかし後継者秀吉はその勢強さを憎み、天正十三年(一五八五)、寺を焼き払いました。

根来衆の残党は東に逃れて徳川家を頼り、慶長年間(一五九六―一六一五)、ようやく寺も復興します。

徳川家は、乱波働きと鉄砲の達人を選んで伊賀・甲賀の者と同等に召し抱えました。その数は、幕臣として百人、御三家紀州藩に百人。これらは根来組同心、あるいは根来鉄砲組と呼ばれました。

彼らは一ヶ所に集まって暮らしました。その装束は、常に黒色の羽織と着流し。髷は結わず切り髪。懐には必ず根来版という新義真言宗の教巻を所持するという、半僧半俗の体《てい》でした。将軍家警備の時も、この身なりであったので、江戸の人々は薄気味悪く思った、ということです。根来衆の支配は初め譜代の成瀬《なるせ》家で、その指令によって彼らは時折、忍びの仕事もこなしたようですが、これに関する資料は一切残っていません。

二十、忍者の終焉

大坂の陣が終わり、豊臣氏が滅亡すると、忍者の仕事は表向き無くなります。平時における彼らの役割は、合戦の補助ではなく、大名たちの内部調査や、情報分析に終始しました。

ただ、寛永十四年（一六三七）、甲賀の人々が、忍びとして最後の意地を見せています。

この年、九州天草ではキリシタンの一揆が勃発し、幕府はその対策に苦慮しました。時の老中松平伊豆守信綱《のぶつな》は、急ぎ軍を率いて九州に下りますが、その途中、近江水口宿で甲賀の者数十人と面談し、そのうち十人の従軍を認めました。

注目すべきは、この中の多くが五十代から六十代の、当時としては大変な高齢であったことです。むろん幕府も江戸に多数の甲賀者を召し抱えていました。が、すでに彼らは、実戦に活用できる技が退化しており、鎮圧軍はこのような老人の志願者に頼らざるを得なかったのです。「知恵伊豆」と呼ばれた信綱も、流石にこれは使いものになるだろうか、と首をかしげました。

そうした疑念の中で老いた甲賀者たちは必死に働きます。キリシタン勢が籠もる原《はら》城の備えを調査し、一揆の夜討ちがある時は引き上げる敵に交じって城内に潜入。その証として旗を奪い取って戻ります。しかし、内部事情を調べるまでには至りませんでした。九州の方言やキリシタンの風習が、甲賀者には一切理解できなかったのです。

それでも一揆勢の死骸を持ち帰ることに成功し、その腹を裂いて、胃の中が海藻と草ばかりと知ったのは上出来でした。

原城への兵糧攻めが功を奏しているとわかった鎮圧軍は、やがて総攻撃を行ない、キリシタン勢は全滅します。

が、この戦いでの甲賀衆に対する幕府の評価はさほど高いものではありませんでした。僅かな褒賞を得たのみで一同は解雇され、従軍した老人の中には故郷に帰り着けず、客死した者さえいます。

こうして忍者の「戦国」は完全に終わりを告げました。後には、無責任な伝説と虚像だけが残ります。

江戸にあった忍者の末裔《まつえい》たちも、多くが江戸城の警備や空屋敷の管理人となって過ごしました。『徳川実記』に、

「昼は後閣《こうかく》にあり、夜は天守閣のもとに宿直《とのい》して常に密旨《みっし》をたてまつり」

とありますが、この後閣とは大奥のことです。常に西ノ丸大奥の出入りを見張る御広敷番《おひろしきばん》と、

数度の火災で江戸中期以降は土台だけになってしまった天守閣の夜番が、彼らの役目でした。

また八代将軍吉宗以後は、紀州から将軍が召し連れてきた十七家の忍び「庭番」たちが隠密役を独占します。

伊賀者たちは、辛うじて残されていた諸国探索の役も奪われ、城の雑用係に成り果ててしまったのでした。

大奥では雪が降ると、年の慣例として雪合戦が行なわれます。奥で暮らす女たちが襷《たすき》鉢巻姿で紅白に分かれて戦い、将軍が桟敷から観戦しました。これは日頃外出も出来ない女たちの、憂さ晴らしの場でもあったのですが、この時、伊賀者御広敷番は両軍の間に「人垣」を作ります。女たちは、ここぞとばかり彼らに雪玉を当てて、笑いころげました。

この屈辱的な役割から多少なりとも抜け出せたのは、幕末も終わりに近い慶応年間（一八六五―六八）に入ってからです。

探索方の人材不足から、伊賀・甲賀出身者もペリーの黒船探索、攘夷志士の取り締まり等に駆り出されました。中には黒鍬者《くろくわもの》（戦場掃除と土木を行なう最下級の忍び）から幕府フランス式歩兵の指揮官に採用され、明治に入って教育者と政治家を兼ねた江原素六《えはらそろく》のような人も出ます。

しかし、幕府が崩壊すると同時に、ほとんどの伊賀、甲賀の者は、その歴史を抱えたまま何処かに立ち去りました。

彼らにも家があり妻子があり、生活《たつき》の道があったはずなのですが、そうしたリアルな物語は、明治半ばの速記録『旧事諮問録《きゅうじしもんろく》』で、ごく僅かに語られるばかりです。

まるで陽の光に溶ける淡雪のように、忍びたちは、文明開化の中で姿を消し去っていったのでした。

あとがきにかえて

忍者好きなら御承知のことでしょうが、彼らの出身地はなにも伊賀・甲賀に限りません。日本の津々浦々、南は大隅《おおすみ》（鹿児島県）から、北は陸奥《むつ》の津軽《つがる》に至るまで、戦いのあるところ、異形の集団が存在しました。

その成り立ちも千差万別です。遊女や芸人。鋳物師《いもじ》、鍛冶師といった職人集団が移動と定着を繰り返すうち、情報伝達やゲリラ戦の技を自然身につけていった例も多いようです。

本書でも何度か触れていますが、彼らは「諸芸」を情報収集のタネにしていました。曲芸、舞、幻術、医術、連歌や茶の湯は、敵や味方に近づき欺く、最も有効な手段でした。また、そうした人々は、己の共同体を守るため、時には透波・乱波同然の荒っぽい技も使いました。中世から近世初頭、地域の権力者は、その力業にも大いに期待したものです。

彼らの戦闘能力の高さを示す実例として、山陰の雄尼子経久《あまごつねひさ》の月山《がっさん》富田《とだ》城奪取の物語があります。

文明十六年（一四八四）。出雲守護の京極氏に抗して富田城を放逐された守護代尼子氏は、周辺を流浪する身となりました。その当主経久を匿《かくま》ったのは「鉢屋衆《はちやしゅう》」と呼ばれる貧しい人々です。

彼らは別名を苫屋《とまや》（粗末な家）鉢屋とも称し、祭礼の舞などを行なって生きる下層の芸人でした。古く平安時代、京の八瀬《やせ》を中心に盗賊働きをする集団でしたが、空也《くうや》上人に諭されて鉦《かね》の代わりに鉢を叩き、托鉢《たくはつ》坊主になったという由来を持っていました。

「御安心めされよ。我らは元これ盗賊でござる」

鉢屋衆の頭目は、経久に助勢を約束します。

文明十七年（一四八五）の大晦日。経久と家臣団は、正月の言祝《ことほ》ぎをする鉢屋衆に混じり、月山富田城の城内に堂々と潜りました。

隠し持った武具を手にした一同は隙を見て蜂起し、城代を殺害して城を奪い返しました。

以来、鉢屋衆は尼子氏に仕える乱波のひとつとして活躍しますが、主家の滅亡とともに、その姿は歴史から消えてしまいます。

近年の研究では、伊勢（三重県）地方にも鉢屋と呼ばれる人々の資料が発見され、山陰にあった集団とのつながりを指摘する研究も始まっていますが、未だにその実態は解明されていません。

しかし、鉢屋衆などは祝詞《のりと》托鉢という本業があるだけ、まだましな方です。中には盗賊であることを誇り、普段もこれで生計を立てていたと思われる人々さえ存在します。越後の夜盗組、加賀前田家に傭われた偸組《ぬすみぐみ》、岩手南部家の間盗《はざまとう》は、堂々と「盗」の字を冠した忍びでした。ここまで露骨でなくとも、安芸広島で福島家に仕えた引光流《いんこう》の忍者は、「我らの祖は熊坂長範《くまさかのちょうはん》なり」と、その技を誇りました。能の「熊坂」にも描かれる長範は、泥棒の元祖とされ、美濃赤坂で牛若丸に討たれた伝説の人物です。

地域の資料を丹念に紐解いていけば、伊賀や甲賀の「正統」な忍びとは異なる、「妖しい忍者」の群れが、まだまだ多く見つかるでしょう。

本書に取り上げた人々は、その闇歴史の中の、ごくごく一部の登場人物に過ぎないのです。

筆者

東郷　隆（とうごう・りゅう）

横浜市生まれ。国学院大学卒。同大博物館研究員、編集者を経て、作家に。詳細な時代考証に基づいた歴史小説を執筆し、その博学卓識ぶりはつとに有名。一九九〇年『人造記』等で直木賞候補となり、一九九四年『大砲松』により吉川英治文学賞新人賞、二〇〇四年『狙うて候　銃豪村田経芳の生涯』で新田次郎賞、二〇一二年、『本朝甲冑奇談』で舟橋聖一賞を受賞。その他著書多数。

妖《あや》しい忍者《にんじゃ》　消《き》えた忍《しの》びと幻術師《げんじゅつし》

二〇二一年十一月九日　第一刷発行

著者　東郷　隆
発行者　松岡佑子
発行所　株式会社出版芸術社
〒一〇二－〇〇七三　東京都千代田区九段北一－十五－十五
電話　〇三－三二六三－〇〇一七
ファックス　〇三－三二六三－〇〇一八
http://www.spng.jp/

印刷・製本　中央精版印刷株式会社

編集　荻原華林

ISBN 978-4-88293-543-8